मेरठ की क़ैंची

मंटो अब तक-3

मेरठ की कैंची

मंटो

संपादन

मुशर्रफ़ आलम ज़ौक़ी

वाणी प्रकाशन

वाणी प्रकाशन

4695, 21-ए, दरियागंज, नयी दिल्ली 110 002

शाखा

अशोक राजपथ, पटना 800 004

फ़ोनः +91 11 23273167 फ़ैक्सः +91 11 23275710

www.vaniprakashan.in
vaniprakashan@gmail.com

MEERUT KI KAINCHI
by Saadat Hasan Manto

ISBN : 978-81-8143-820-1
Collection of Stories

संस्करण 2008
आवृत्ति 2011
मूल्य : ₹125

ओम ऑफसेट प्लेटमेकिंग, दिल्ली-110 093 में मुद्रित

वाणी प्रकाशन का लोगो मक़बूल फ़िदा हुसेन की कूची से

अनुक्रम

फ़नकार मन्टो

मेरठ की कैंची हो या लाहौर का कातिब--- यह मन्टो ही था, जिसके क़लम से शायद कोई भी चरित्र नहीं बचा। इसीलिए मन्टो अपने समय के दूसरे सभी क़लमकारों से भिन्न है कि उसकी गहरी आंखें, रोज़मर्रा दिखायी देने वाले लोगों के भीतर उतर कर उनमें अपनी कहानियों के चरित्र ढूंढ़ लेती थी। लेकिन मन्टो के साथ नाइंसाफ़ी यह थी कि मन्टो के चाहने वालों ने मन्टो को कुछेक बड़ी कहानियों का ही ख़ालिक़ बना कर रख दिया। यह 'फ़नकार मन्टो' के साथ ज़्यादती थी। मन्टो को समझने के लिए उस समय की तरक़्क़ी पसंदी को समझना जितना ज़रूरी है, उतना ही उस समय के उन चार बड़े स्तंभों को भी, जिनके बिना उर्दू कहानियों पर गुफ़्तुगू हो ही नहीं सकती। दरअसल उस दौर में सब ही अच्छा लिख रहे थे और इच्छा यह थी कि कैसे अपनी कहानी द्वारा दूसरे को पछाड़ दें, लेकिन मन्टो की भूमिका इस पछाड़-रेस में भी सबसे अलग रही।

चार मज़बूत स्तंभ

जब भी कोई बड़ा फ़नकार हमारे बीच नहीं होता है, उस ज़बान के चाहने वालों के दर्मियान इस तरह की बातें का बाज़ार गर्म हो जाता है कि ये शून्य की पूर्ति आख़िर कैसे होगी। मन्टो और इस्मत चुग़ताई के बाद भी साहित्य के आलोचक इस बात का ढोल पीटने लगे कि एक दौर ख़त्म हो गया। इस्मत या मन्टो के स्थान की पूर्ति करना मुश्किल ही नहीं असंभव है। ये सच है कि उर्दू के यही चार मीनार रहे हैं। मंटो, बेदी, कृष्ण के बाद इस्मत ही आती थीं, जिनके साहित्य पर बहुत ही शोर मचता रहा था। (और

आगे भी मचेगा। इसलिए कि इन तीनों में इस्मत लिखने के मामले में जितनी बोल्ड थीं, इतनी बोल्डनेस इनके बाद किसी के हिस्से में नहीं आई)। लिहाफ़ हो, चौथी का जोड़ा, चाबड़े, या अज़ीम बेग चुग़ताई के इंतक़ाल पर उनका लेख दोज़ख़ी हो। इस्मत, इस्मत थीं, इस्मत रहीं और दस्तावेज़ बन कर हमारे दर्मियान से रुख़्सत हो गईं।

जहां तक मेरा अपना मामला है, मैने इस्मत को पंसद तो किया है, लेकिन इस हद तक नहीं, जितना कि आलोचकों ने उनका ढोल पीटा है। इसका मतलब यह नहीं कि इस्मत मुझे पसंद नहीं रहीं। लहजे की जैसी शगुफ़्तगी, बेबाक़ी इस्मत में थी वो मन्टो में भी नहीं थी। बात में बात पैदा करने का जैसा हुनर इस्मत के पास था, वो उनका ही हिस्सा था। ये हुनर उन्हें सर्वप्रिय बनाए रखने में मदद देता रहा। लेकिन हां जब फ़िक्र और फ़न की बात होगी, मैं यह ज़रूर कहूंगा कि इस्मत ने अपनी बोल्ड कहानियों के द्वारा जहां समाज के ठेकेदारों, और समाजी बुराइयों पर सफ़्फ़ाकी और बरबर्ता से शब्दिक आक्रमण किया है, वहां उनके फ़िक्र की चारदीवारी इतनी कमज़ोर रही है कि जब वो लिहाफ़ की बातें करती हैं तो दीवार पर झूलते हुए हाथी के इलावा उन्हें कुछ और नज़र नहीं आता। और 'लिहाफ़' दो औरतों के शारीरिक सम्बंध से अधिक आगे नहीं बढ़ पाती और केवल एक बोल्ड तजुर्बा बन कर रह जाती है।

उर्दू अफ़साने ने आज तरक़्क़ी के जो भी मार्ग तै किये हों, उर्दू अफ़साने के इन चार क़दआवर सतूनों की अहमियत से इंकार नहीं किया जा सकता। मंटो, कृष्ण, बेदी और इस्मत ने उर्दू अफ़साने की जो बागडोर कभी अपने हाथों में मज़बूती से पकड़ ली थी, उनके बाद गिरफ़्त धीरे-धीरे कमज़ोर पड़ती चली गई। जो एक्कापन इन चारों के हिस्से में अलग-अलग आया था, वो एक्कापन बाद वालों के हिस्से में बिल्कुल ही नहीं आ सका। उनके बाद की पीढ़ी ने तजुर्बे के नाम पर साहित्य में जो भी सवांग रचे उसमें संभव है, किसी नई तलाश या मार्ग को दख़ल न हो, इसलिए कि इन चारों सतूनों के अपने अलग-अलग कोण थे, सब के अलग रंग थे, कृष्ण में जो रोमांटिक फ़िज़ा थी, जो आकर्षक शब्द-बाज़ियां थीं, नर्म-नर्म आंच थी, सुबुक लहजा था, चाशनी थी और व्यंग के हल्के-फुल्के झोंके थे। वो केवल और केवल कृष्ण का हिस्सा था। बेदी के यहां जो तहदारी थी, मनोविज्ञान की जो तहें थीं, वो बेदी के अफ़सानों का हिस्सा था। बेदी जब समाज की ढंकी-छुपी परतों को खोलने पर आता है तो एक

ही नहीं होती बल्कि अपना आप बिल्कुल अश्लील नज़र आने लगता है। मनोविज्ञान की तहें खोलने में बेदी की बराबरी मुश्कि से ही किसी से की जा सकती है। इस फ़न में बेदी सब से अलग है। बेदी को इंसानी नक़ाब से नफ़रत है। वो जब तक उसे नंगा नहीं देख लेता, उसके फ़न की प्यास नहीं बुझती। बेदी से बिल्कुल उलट मुझे मंटो लगता है। स्टेट फ़ॉरवर्ड। इंसानी नफ़्सियात की गाठें खोलने में उसे भी मज़ा मिलता है लेकिन वो ये गांठे इस हुनरमंदी से खोलता है जिस तरह एक मंझा हुआ क़साब जानवर के बदन से चमड़ा उतारता है। मंटो की नश्तरियत चार्ली चेपलिन की कामेडी सा मज़ा भी दे जाती है। और उसका सफ़्फ़ाकाना लहजा जिस्म की इमारत को झंझोड़ कर रख देता है। वो ज़ख़्मी भी करता है, नश्तर भी चुभोता है और मज़ाक़ भी उड़ाता है। जबकि इस्मत में तजुर्बा है। इस्मत इंसानी फ़ल्सफ़ा के साथ नया-नया तजुर्बा करती जाती हैं। वो इंसानी परतों को ज़्यादा छीलना या उधेड़ना पसंद नहीं करतीं-- वो बेनक़ाब करने के लिए चार्ली चेपलिन की कॉमेडी की राह एख़्तियार नहीं करतीं। न मंटो की तरह छुरे-कांटे का इस्तेमाल या चौंकाना उन्हें पसंद है। हां उन्हें फ़र्द से पूरे माशरे की टटोल, पसंद है। वो पहले टटोलती है, फिर अपने आपको भी अश्लील करने से भी नहीं चूकतीं और इसके बाद तजुर्बे का नया शोशा छोड़ देती हैं। बस मुझे इसी तजुर्बे से थोड़ी-सी चिढ़ है। हां कुछ कहानियां इस तजुर्बे के ख़िलाफ़ भी हैं। जैसे चौथी का जोड़ा वग़ैरह। वर्ना इस्मत ने लिहाफ़ से चाबड़े के सफ़र में ज़्यादातर तजुर्बों से ही काम लिया है।

कभी-कभी सोचता हूं, मेरी नस्ल या मुझ से पहले की नस्ल इन चार सतूनों में से ज़्यादा मंटो से प्रभावित रहीं। इसलिए कि तजुर्बे का शौक़ उसने मंटो से ही वरसे में लिया। हां, यह बात अलग है कि उस नस्ल के ज़्यादा तर लोगों के पास तजुर्बों के नाम पर कुछ था भी नहीं, और सीमित सोच और कमज़ोर अध्ययन के बिना पर हुए तजुर्बे ने उर्दू फिक्शन को दूसरी क्षेत्रीय भाषाओं से भी निचले स्तर पर ला खड़ा किया। मेरा खुद का मानना है कि तजुर्बे को फ़न की कसौटी पर परखना हिमाक़त है। ज़रूरी बात लिखने के औचित्य को समझना। स्वयं को तोलना है। फिर लिखने के लिए अपने 'परों' को आज़माना है। लिखने के लिए बहुत ज़्यादा सब्र की ज़रूरत होती है जो हम में से ज़्यादातर लोगों के पास नहीं। और प्रेमचंद के शब्दों में कहूं तो लिखना एक फुलटाइम जाब है। और ज़्यादातर लोगों के पास ज़िन्दगी की दूसरी ज़रूरतों को पूरा करने से अलग इतना वक़्त नहीं बचता

कि अच्छी साहित्य-रचना के लिए समय निकाल सकें।

उर्दू अफ़साना ख़राबतरीन दौर से गुज़र रहा है। इस स्थिति में ऊपर उठने के लिए जिस प्रकाश की आवश्यकता है, अभी सब से बड़ी आवश्यकता उसी प्रकाश की खोज है। और इसी प्रकाश या ज्योति की तलाश में हमने मन्टो को पढ़ने और समझने का मन बनाया है।

– क्या मन्टो की कहानियां, सीमित विषय पर आधारित हैं?

– साम्प्रदायिकता से बॉलीवुड?

– और एक चौंका देने वाला अंजाम?

लेकिन भूलिये मत कि इसी मन्टो ने 'फुंदने' जैसी कहानी भी लिखी, जो शायद उर्दू की पहली प्रतीकात्मक या जादूई यथार्थवाद पर आधारित कहानी थी। मन्टो की कला अपने समय से सदियां आगे के सफ़र पर थीं। शायद इसीलिए आज के संदर्भ में, जब कहानियां विकास-यात्रा की रेस में काफ़ी आगे निकल गई है, मन्टो को कुछ ज़्यादा ही जानने और समझने की ज़रूरत है।

इस किताब की अनुदित कहानियां श्री इज़हार अहमद नदीम ने की हैं। वे उर्दू के अतिरिक्त हिन्दी साहित्य से भी जुड़े हैं। और इन दिनों परीकथा में सहयोगी की भूमिका निभा रहे हैं।

मुशर्रफ़ आलम ज़ौक़ी

Zauqui2005@gmail.com

मेरठ की क़ैंची

"चल-चल रे नौजवान" की नाकामी का सदमा हमारे दिलो-दिमाग़ से लगभग मिट चुका था। ज्ञान मुकर्जी, फ़िल्मिस्तान के लिए एक प्रॉपगैंडा कहानी लिखने में एक अर्से से मस्रूफ़ थे।

कहानी लिखने-लिखाने और उसे पास करने से पहले तर्निली ज्योंन्त और उसके पिछले शौहर विरेन्द्र डिसाई से कन्ट्रेक्ट हो चुका था। लगभग पच्चीस हज़ार रूपये में। एक साल उस मोआहिदे की मीआद थी। मिस्टर शिशुधर मुकर्जी, प्रोडक्शन कन्ट्रोलर, अपनी आदत के मुताबिक़ सोच-विचार में दस महीने गुज़ार चुके थे। कहानी का ढांचा था कि तैयार होने में नहीं आता। बहुत मुश्किल से एक ख़ाक तैयार हो पाया। जिसे ज्ञान मुकर्जी अपने चमड़े के थैले में डालकर दिल्ली को रवाना हो गए ताकि जुबानी तौर पर उसमें कुछ और बातें डालकर हुकूमत से पास करा लें।

ख़ाका पास हो गया। जब शूटिंग का मरहला आया तो विरेन्द्र डिसाई ने ये मुतालबा किया कि इसके साथ एक वर्ष का और कन्ट्रेक्ट किया जाए, इसलिए कि मुआहिदे की मीआद ख़त्म हो रही थी। राय बहादुर चवन्नी लाल मनेजिंग डायरेक्टर बड़े अक्खड़ क़िस्म के आदमी थे। इसलिए नतीजा ये हुआ कि मुक़दमेबाज़ी हुई फ़ैसला विरेन्द्र डिसाई और उसकी ख़ूबसूरत बीवी नलिनी के हक़ में हुआ। इस तरह प्रॉपगेंडा फ़िल्म जिसकी कहानी का अभी सिर्फ़ ग़ैर-मुकम्मल ख़ाका ही बना था। पच्चीस हज़ार रूपयों के बोझ तले आ गई।

राय बहादुर को बहुत जल्दी थी कि फ़िल्म जल्द तैयार हो। क्योंकि वक़्त ज़ाया हो चुका था। जल्दी-जल्दी वली साहब को बुला कर उनकी

बीवी मुम्ताज़ शान्ति से कन्ट्रेक्ट कर लिया गया और उसको चौदह हज़ार रूपये पेशगी अदा कर दिए गए। ब्लैक में यानी रसीद के बग़ैर।

दो दिन शूटिंग हुई। मुम्ताज़ शान्ति और अशोक कुमार के बीच में थोड़ा-सा डॉयलाग जो बड़ी मीन-मेख़ के बाद फ़िल्माया गया। मगर जब पर्दे पर फ़िल्माया गया तो सबने मुम्ताज़ शान्ति को नापसन्द किया। इस नापसन्दीदगी में इस बात का भी बड़ा दख़ल था कि मुम्ताज़ शान्ति बुर्क़ा पहन कर आती थी। और वली साहब ने साफ़-साफ़ मुकर्जी से कह दिया था कि उसके जिस्म को कोई हाथ न लगाए।

नतीजा ये हुआ कि मुम्ताज़ शान्ति को फ़िल्म से अलग कर दिया गया। इस बहाने से कि जो रोल उसे अदा करना है उसके लिए वह मुनासिब-व-मौज़ूं नहीं क्योंकि ऐसे कई मक़ाम आएंगे जहां हिरोइन को अपने जिस्म के कुछ हिस्सों की नुमाइश करना पड़ेगी... क़िस्सा मुख़्तसर कि ये चौदह हज़ार भी गए।

अब कहानी का नामुकम्मल ढांचा उन्तालीस हज़ार रूपये के नीचे दबा पड़ा था। राय बहादु चवन्नी लाल, पीले हो रहे थे। ''चल-चल रे नौजवान'' की नाकामी ने कम्पनी की हालत बहुत पतली कर दी थी। मारवाड़ियों से क़र्ज़ ले-लेकर गुज़ारा बड़ी मुश्किल से हो रहा था। रायबहादुर की नाराज़गी और परेशानी जायज़ थी।

एक दिन मैं वाचा, पाई और अशोक स्टूडियो के बाहर कुर्सियों पर बैठे कम्पनी की इन्हीं हिमाक़तों का ज़िक्र कर रहे थे जिसकी वजह से इतना वक़्त और इतना पैसा ज़ाया हुआ कि अशोक ने ये राज़ खोला कि जो चौदह हज़ार रूपये रायबहादुर ने मुम्ताज़ शान्ति को दिए थे, वो उन्होंने उससे क़र्ज़ लिए थे। अशोक ने ये राज़ अपनी काली पिण्डली खुजलाते हुए कुछ इस अन्दाज़ से किया कि हम सब बेअख़्तियार हंस पड़े। लेकिन फौरन चुप हो गए।

सामने बजरी बिछी हुई रविश पर एक अजनबी औरत हमारे भारी-भरखम हेयर-ड्रेसर के साथ मेकअप रूम की तरफ़ जा रही थी।

दत्ता राम पाई ने अपने काले-मोटे और बदशक्ल होंठ खेले और ख़ौफ़नाक तरीक़े से आगे बढ़े हुए औंधा-सीधे मैले दांतों की नुमाइश की और वाया को कुहनी का ठोकर देकर अशोक से मुख़ातिब हुआ ''ये... कौन है?''

वाचा ने पाई के सिर पर एक धौल जमाई। ''साले तू कौन होता है पूछने वाला?''

पाई बदला लेने के लिए उठा तो वाचा ने उसकी कलाई पकड़ ली।

"बैठ जा साले। मत जा उधर। तेरी शक्ल देखते ही भाग जाएगी।"

पाई अपने औंधे-सीधे दांत पीसता रह गया। अशोक जी अभी तक ख़ामोश बैठा था बोला। "गुड लुकिंग है।"

मैने एक लम्हा के लिए ग़ौर से उस औरत को देखा और कहा "हां नज़रों को भली लगती है।"

अशोक मेरा मतलब न समझा कहां से नज़रों को भली नहीं लगती।

मैं हंसा। "मेरा मतलब ये था कि जो औरत यहां से गुज़र कर गई है। उसे देखकर आंखों पर बोझ नहीं पड़ता। बड़ी साफ़-सुथरी... लेकिन क़द की ज़रा छोटी है।"

पाई ने फिर अपने बदसूरत दांतों की नुमाइश की "अरे, चलेगी.. क्यों वाचा?" वाचा! पाई के बजाए अशोक मुख़ातिब हुआ। "दादा मुनी, तुम जानते हो, ये कौन है?"

अशोक ने जवाब दिया। "ज़्यादा नहीं जानता। मुकर्जी से सिर्फ़ इतना मालूम हुआ था कि एक अवामी टैस्ट के लिए आने वाली है।"

कैमरा और साउंड टैस्ट किया गया। जिसे हमने पर्दे पर देखा और सुना और अपनी-अपनी राय दी। मुझे, अशोक और वाचा को वो बिल्कुल पसन्द न आई इसलिए कि उसकी जिस्मानी हरकात "चौबी" थीं। उसके जिस्म के हर हिस्से में बनावटपन था। मुस्कुराहट भी अच्छी नहीं थी। लेकिन पाई उस पर लट्टू हो गया। इसलिए कई बार अपने बद्सूरत दांतों की नुमाइश की और मुकर्जी से कहा: "वण्डरफुल स्क्रीन फेस है।"

दत्ता राम पाई फ़िल्म एडीटर था। अपने काम का माहिर। फ़िल्मिस्तान चूंकि ऐसा आर्गनाइज़ेशन है जहां हर डिपार्टमेंट के आदमी को इज़हारे-राय की आज़ादी थी। इसलिए दत्ताराम पाई वक़्त-बेवक़्त अपनी राय से हम लोगों को फ़ायदा पहुंचाता रहता था। और ख़ास तौर से मज़ाक़ से दो-चार होता था।

हमलोगों ने अपना फ़ैसला सुना दिया था। लेकिन एस. मुकर्जी ने इस औरत को जिसका नाम पारो था। प्रॉपगेंडा फ़िल्म के एक रोल के लिए चुन लिया। इसलिए रायबहादुर चवन्नी लाल ने फ़ौरन उससे एक फ़िल्म का कन्ट्रेक्ट मामूली-सी माहाना तन्ख़्वाह पर कर लिया।

अब पारो हर रोज़ स्टूडियो आने लगी। बहुत हंसमुख और मीठी आवाज़ वाली तवायफ़ थी। मेरठ उसका वतन था जहां वह शहर के क़रीब-क़रीब हर रंगीन-मिज़ाज रईस की मंज़ूरे-नज़र थी। उसको ये लोग

मेरठ की कैंची कहते थे। इसलिए कि वह काटती थी और बड़ा महीन काटती थी।

हज़ारों में खेलती थी।पर उसे फ़िल्मों में आने का शौक़ था जो उसे फ़िल्मिस्तान ले आया।

जब उससे खुल कर बातें करने का मौक़ा मिला तो मालूम हुआ कि हज़रत जोश मलीहाबादी और मिस्टर सागर निज़ामी भी अक्सर उसके यहां आया-जाया करते थे और उसका मुजरा सुनते थे।

उसकी ज़बान बहुत साफ़ थी और जिल्द भी, जिससे मैं बहुत प्रभावित हुआ। छोटी आस्तीनों वाले फंसे-फंसे ब्लाऊज़ में उसकी नंगी-नंगी बाहें हाथी के दांतों की तरह दिखाई देतीं... सफ़ेद, सुडौल और ख़ूबसूरत। जिल्द में ऐसी चिकनी चमक थी "विलो" लकड़ी पर रन्दा फिरने से पैदा होती है।

सुबह स्टूडियो आई नहाई-धोई, साफ़-सुथरी, उजली, सफ़ेद या हल्के रंग की साड़ी पहने किसी साबुन का इश्तहार मालूम हुई। शाम को जब घर रवाना होती तो दिन गुज़रने के बावजूद गर्दो-गुबार का एक ज़र्रा तक उस पर नज़र न आता। वैसी ही तरो-ताज़ा होती जैसी सुबह को होती।

दत्तराम पाई, उसपर और ज़्यादा लट्टू हो गया। शूटिंग शुरू नहीं हुई थी, इसलिए उसे समय ही समय था। और वो अक्सर पारो के साथ बातें करने में मशग़ूल रहता... मालूम नहीं उसके भोंडे और करख़्त लहजे, और उसके औंधे-सीधे, मैले दांतों और उसके अनकटे मैल भरे नाखुन को कैसे बर्दाश्त करती थी... सिर्फ़ एक ही बात समझ में आती है कि तवायफ़ अगर बर्दाश्त करना चाहे तो बहुत कुछ बर्दाश्त कर सकती है।

प्रापगेंडा फ़िल्म की कहानी का ढांचा मेरे हवाले किया गया कि बड़े ग़ौर से उसको पढ़ूं और जो बदलाव ज़रूरी समझूं वो कर दूं। मैने उस ढांचे के तमाम जोड़ देखे और इस नतीजे पर पहुंचा कि ऐसा बेजोड़ ढांचा शायद ही किसी से तैयार हो सके। कोई सिर था न पैर। चूंकि मेरी क़ाबलीयत का इम्तहान था, इसलिए मैंने एक और ढांचा तैयार किया। बड़े ख़लूस और बड़ी मेहनत से। इसकी वजह ये भी थी कि डायरेक्शन के फ़र्ज़ मेरे कहने पर सावक वाचा को सौंपे जाने वाले थे जो मेरा अज़ीज़ दोस्त था।

नया ढ़ांचा जब फ़िल्मिस्तान की "फ़ुल बेंच" के सामने पेश हुआ तो मेरी वो हालत थी जो किसी मुजरिम की हो सकती है।

एस. मुकर्जी ने अपना फ़ैसला इन चन्द अल्फ़ाज़ में दिया। "ठीक है, मगर इसमें अभी काफ़ी इस्लाह की गुंजाइश है।"

ज्ञान मुकर्जी से पूछा गया तो उन्होंने अपनी आदत के मुताबिक़ मुंह सिकोड़ कर सिर्फ इतना कहा। " ऑलमोस्ट ठीक है।"... ये वो हज़रत थे जो एस. मुकर्जी के डायरेक्ट किए हुए तमाम फ़िल्मों के डायरेक्टर कहलाते थे हालांकि उन्होंने अपनी ज़िन्दगी में एक फ़िट फ़िल्म भी डायरेक्ट नहीं की थी।

असल में फ़िल्मिस्तान में काम करने का ढंग ही निराला था। सारी फ़िल्म आपने डायरेक्ट की हैं लेकिन पर्दे पर नाम मेरा दिया जा रहा है। कहानी मेरी है। लेकिन इसका कहानीकार आपको बना दिया गया है। बात ये थी कि वहां सब मिलजुल कर काम करते थे। आप इससे अन्दाज़ा लगा लीजिए कि दत्ताराम जिसे मालूम हीं नहीं था कि फ़िल्मी कहानी क्या होती है, मुझे मश्वेरा दिया करता था।

प्रॉपगेंडा फ़िल्म की कहानी लिखने की दुशवारियां वही समझ सकता है जिसने कभी ऐसी कहानी लिखी हो। सबसे ज़्यादा मुश्किल मेरे लिए ये थी कि मुझे पारो को उसकी शक्लो-सूरत, उसके क़द और कलात्मक कमज़ोरियों को ध्यान में रखते हुए कहानी में दाख़िल करना था। बहर-हाल बड़ी मग़ज़मारियों के बाद तमाम मरहले तय हो गए। कहानी की नोक-पलक निकल आई और शूटिंग शुरू हुई।

हमने एक साथ मश्वेरा करके ये तय किया कि जिन सीन में पारो का काम है वो सबसे आख़िर में फ़िल्माए जाएं ताकि पारो फ़िल्मी फ़िज़ा से और ज़्यादा मानूस हो जाए और उसके दिलो-दिमाग़ से कैमरे की झिझक निकल जाए।

किसी सीन की भी शूटिंग हो, वो बराबर हमारे दर्मियान होती। दत्तराम पाई अब उससे इतना खुल गया था कि एक-दूसरे से मज़ाक़ भी करने लगे थे। पाई की ये छेड़छाड़ मुझे बहुत भोंडी मालूम होती। मैं पारो की ग़ैर-मौजूदगी में उसका मज़ाक़ उड़ाता। कमबख़्त बड़ी ढ़िठाई से कहता। "साले तू क्यों जलता है।"

जैसा कि मैं उससे बयान कर चुका हूं। पारो बहुत हंसमुख तवायफ़ थी। स्टूडियो के हर काम करने वाले के लिए वो ऊंच-नीच से लापरवाह बड़े तपाक से मिलती थी। यही वजह है कि वो बहुत थोड़े समय में मकबूल हो गई। निचले तबक़े ने उसे एहतरामन पारो देवी कहना शुरू कर दिया और ये इतना आम हुआ कि फ़िल्म के पर्दे बग़ैरह पर पारो के बजाए परो देवी लिखा गया।

दत्ता राम पाई ने एक क़दम और आगे बढ़ाया कुछ ऐसी टिप्स लड़ाई

कि एक दिन उसके घर पहुंच गया, थोड़ी देर बैठा। पारो से अपनी ख़ातिर-मदारात कराई और चला आया। इसके बाद उसने हफ़्ते में एक-दो मर्तबा बाक़ायदगी के साथ यहां जाधमकना शुरू कर दिया।

पारो अकेली नहीं थी। इसके साथ एक अधेड़ उम्र का मर्द रहता था। क़दो-क़ामत में इससे दोगुना। मैने दो-तीन मर्तबा उसे पारो का साथ देखा... वह उसका पतिदेव कम और "थामू" ज़्यादा मालूम होता था।

वो ऐसे फ़ख़्र के साथ कैंटीन में पारो से अपनी मुलाक़ातों का ज़िक्र नीम-आशिक़ाना अन्दाज़ में करता कि हंसी आ जाती। मैं और सावक वाचा इसका खूब मज़ाक़ उड़ाते मगर वो कुछ ऐसा ढीठ था कि उस पर कुछ असर नहीं होता था। कभी-कभी पारो भी मौजूद होती। मैं उसकी मौजूदगी में भी पाई के ख़ाम और भोंडे इश्क़ का मज़ाक़ उड़ाता। पारो बुरा न मानती और मुस्कुराती रहती इस मुस्कुराहट से उसने मेरठ में जाने कितने दिलों को कैंची से कतरा होगा।

पारो में आम तवायफ़ों ऐसा भड़कीला छिछोरापन नहीं था। वो महफ़िलों में बैठ कर बड़े सलीक़े से बातें कर सकती थी। इसकी वजह यही हो सकती है कि मेरठ में उसके यहां आने-जाने वाले ऐरे-ग़ैरे नत्थू-ख़ैरे नहीं होते थे। उनका सम्बन्ध सोसाइटी के उस तबक़े से था जो नाशाइस्तगी की तरफ़ सिर्फ़ तफ़रीह की ख़ातिर मायल होता है।

पारो अब स्टूडियो की फ़िज़ा में बड़ी अच्छी-ख़ासी तरह घुल-मिल गई थी। फ़िल्मी दुनिया में अक्सर ऐसा होता है कि जब कोई औरत या लड़की नई ऐक्ट्रेस बनती है तो उसको कोई न कोई फ़ौरन दबोच लेता है। जैसे कि वह गेंद है जिसे बल्ले के साथ किसी ने हिट लगाई है और फ़ील्ड में खड़े खिलाड़ी इस ताक में हैं कि वह उनके हाथों में चली आए।

लेकिन पारो के साथ ऐसा न हुआ। शायद इसलिए कि फ़िल्मिस्तान दूसरे स्टूडियो के मुक़ाबले में बहुत हद तक "पाकबाज़" था। एक वजह ये भी हो सकती है कि पारो को कोई इतनी जल्दी नहीं थी।

मुहसिन अब्दुल्लाह (नैना का भूतपूर्व पति) अपनी एकरंग ज़िन्दगी से उकता कर पारसी लड़की वीरा को जिसकी ज़िन्दगी उसीकी ज़िन्दगी की तरह सपाट थी, शरीके-हयात बनाने की कोशिश में मसरूफ़ था, इसीलिए उसे हमारे साथ सेकण्ड क्लास में सफ़र करना छोड़ना पड़ा। क्योंकि वीरा फ़र्स्ट क्लास में आती जाती थी। इसके बाद उसको "एटीकेट" के मुताबिक़ आते-जाते इसकी कुतिया की ज़ंजीर थामना पड़ती... आशिक़ों के इमाम

मजनूं को भी तो लैला की कुतिया अज़ीज़ थी।

वाचा को उससे कोई दिलचस्पी नहीं थी। उसने बड़ी मुश्किलों के बाद ताज़ा-ताज़ा अपनी बद्कार फ्रांसीसी बीवी से निजात हासिल की थी। एस. मुकर्जी परी चेहरा नसीम बानो के इश्क़ के चक्कर में था। ज्ञान मुकर्जी का तो सवाल ही पैदा नहीं होता था कि वह एक औरत से शादी करके ही भरपाया था।... अपने मुताबिक़ मैं सिर्फ़ इतना कह सकता हूं कि मुझे पारो की जिल्द बहुत पसन्द थी एक दिन मैंने शाहिद लतीफ़ (जो अब फ़िल्म डायरेक्टर और प्रोडयूसर हैं) उसका ज़िक्र किया तो उसने मुस्कुरा कर कहा। "जिल्द बहुत पसंद है, ठीक है लेकिन तुम्हें क्या मालूम कि अन्दर किताब कैसी है, मज़्मून कैसा है?"

पाई की हालत अब बहुत ज़्यादा अजीबो-ग़रीब हो गई थी। इसलिए कि पारो ने एक रोज़ उसे घर आमंत्रित किया था। अपने हाथ से उसे दो पैग जॉनीवाकर व्हिस्की के पिलाए थे। जब उसको बहुत ज़्यादा नशा हो गया था तो पारो ने उसको बड़े प्यार से अपने सोफ़े पर लिटा दिया था... अब उसको यक़ीन हो गया था कि वह उस पर मरती है और हमलोग चूंकि नाकाम रह रहे हैं। इस लिए हसद की आग में जलते हैं इस बारे में पारो का रद्दे-अमल क्या था, ये मुझे मालूम नहीं।

शूटिंग जारी थी। वीरा फ़िल्म की हीरोइन थी। साइड हीरोइन का रोल पारो को अदा करना था। उसे बर्मा के किसी आज़ाद क़बीले की एक शोख़, तेज़-तर्रार लड़की का रूप धारना था।

जूं-जूं उसके सीन फ़िल्माए जाने का समय आता गया मेरे अन्देशे बढ़ते गए। मुझे डर था कि वो इम्तहान में पूरी उतरेगी।

आख़िर वो दिन आ गया। जब उसका पहला "शूटिंग डे" था। मेकअप और कस्टयूम से सजा कर उसे कैमरे के सामने लाया गया। अजीबो-ग़रीब तराश की भड़कीले रंगों वाली फंसी-फंसी चोली। नाफ़ से ऊपर पेट की हलकी-सी झलक, घुटनों से बालिश्त भर ऊपर लहंगा।

ऐसा मालूम होता था कि वो कैमरे, माईक और रोशनियों से क़तई तौर पर आश्ना या डरी नहीं। डॉयलाग उसको अच्छी तरह याद करा दिया गया था। उम्मीद थी कि बोल जाएगी मगर जब "टेक" का समय आया तो उसका सारा वजूद लड़की का हो गया। मुंह खोला तो डॉयलाग सपाट, कई रिहर्सलें कराई गईं। मगर इस लड़की में जान के आसार पैदा न हुए। पेशेवर रक़्क़ासाओं की तरह अपनी आबरू नचाती जैसे भाव बता रही है--

तीन-चार ''रिटेक'' हुए तो मैं बिल्कुल मायूस हो गया। वाचा का मिज़ाज बहुत जल्द घबरा जाने वाला है। उसने देखा कि ऊंटनी की कोई कल सीधी नहीं तो एस. मुकर्जी से कहा कि वो उसे ठीक करे।

मुकर्जी उसे क्या ठीक करता। वो बनी ही कुछ ऐसे आबो-गिल से थी जिसमें बनाव, भाव और नृत्य कूट-कूट कर भरे थे। चुनांचे एक ''टेक'' में उसे किसी क़दर एक्टिंग़ गवारा किया तो मुकर्जी ने ग़नीमत समझ कर खुद को बहलाया।

हम सबने बड़ी कोशिश की कि उसका बनावटपन और चौबीपन किसी न किसी तरीक़े से दूर हो जाए मगर नाकाम रहे, शूटिंग जारी रही और वो बिल्कुल न सुधरी। उसको कैमरे और माईक का कोई ख़ौफ़ नहीं था। मगर सेट पर वो अदाकारी के जौहर दिखाने में मजबूर थी।... इसकी वजह मेरठ के मुजरिमों के सिवा और क्या हो सकती थी। बहरहाल इतनी उम्मीद ज़रूर थी कि वो किसी न किसी रोज़ समझ जाएगी।

चूंकि मुझे उसकी तरफ़ से बहुत मायूसी हुई थी इसलिए मैने उसके ''रोल'' में काट-छांट शुरू कर दी थी। मेरी इस चालाकी का इल्म उसको पाई के ज़रिए से हो गया। इसलिए उसने ख़ाली समय में मेरे पास आना शुरू कर दिया। घंटो बैठी इधर-उधर की बातें करती रहती। बड़े शाइस्ता अन्दाज़ में, मुनासिब व मौज़ूं अल्फ़ाज़ में जिनसे चापलूसी का रंग ज़ाहिर न होता, मेरी तारीफ़ करती।

एक-दो मर्तबा उसने मुझे अपने घर पर बुलाया भी। मैं शायद चला जाता लेकिन उन दिनों में बहुत मसरूफ़ था। हर समय मेरे ज़ेहन पर प्रापगेंडा फ़िल्म के सीन सवार रहते। यूं तो मेरा हाथ बटाने के लिए तीन आदमी मौजूद थे। राजा मेहदी अली ख़ान, मुहसिन अब्दुल्लाह और दीक्षित।

राजा मेहदी अली ख़ान ने मदद करने से साफ़ इनकार कर दिया। इस लिए कि वो हर समय अपनी रूठी हुई बीवी को ख़त लिखने में मसरूफ़ रहता था। मुहिसन अब्दुल्लाह, वीरा से अपने संबन्ध को मज़बूत करने में मसरूफ़ थे और मिस्टर दीक्षित पारो को डॉयलाग याद कराते रहते थे।

मैं कुछ अर्से से नोट कर रहा था कि पारो और अशोक सेट पर जब सामने आते हैं तो अशोक से पारो को अपने जारेहाना इश्क़ का इज़हार करना होता है तो उसकी आंखें अशोक की आंखों में गड़ जाना चाहती हैं। जैसे उसको ये बताना है कि देखो ये जो कुछ हो रहा है झूठ नहीं सच है।

अशोक बहुत झेंपू क़िस्म का इंसान है वो किसी औरत से खुल्लम-खुल्ला

इज़हारे-इश्क़ नहीं कर सकता... ये मुझे मालूम था कि अशोक को पारो पसन्द है लेकिन उसमें इतनी जुर्रत नहीं थी कि उससे जिस्मानी-तालुक़ पैदा कर लेता।

उसकी ज़िन्दगी में सैंकड़ों नहीं हज़ारों लड़कियां आईं। वह लार्ड बार्रून बन सकता था मगर शर्मीली तबीअत की वजह से उन्हें आसानी से फंस जाने वाली तितलियों को नाउम्मीद करता रहा।

अशोक कुमार का ये वो ज़माना था जब वो किसी भी एक्ट्रेस पर हाथ डाल सकता था। बड़ी आसानी से। कई एक्ट्रेस अपना दिल उसके क़दमों में बिछाने के लिए तैयार थीं। मैंने सोचा अगर पारो के दिल में भी खद-बद हो रही है तो कोई हैरानी की बात नहीं.... फिर पारो तो नई थी, खुद को अशोक के साथ जोड़ करके वो शोहरत की ऊंचाइयों तक बहुत जल्द पहुंच सकती थी।

फ़िल्म में पारो का रोल एक आज़ाद क़बीले की कुछ जंगली, खुदसर और जारेहाना क़िस्म का इश्क़ करने वाली लड़की का था। वो अशोक से मुहब्बत करती थी मगर वो वीरा के इश्क़ में गिरफ़्तार था। ये फ़िल्मी त्रिकोण पारो के अन्दरूनी जज़्बात को ठेस पहुंचाने में काफ़ी मदद कर रहा था।

शूटिंग जारी थी... इनडोर-- आऊटडोर। एक दिन कश्तियों का सीन फ़िल्माया जाने वाला था। इसके बहुत दूर एक खाड़ी का चुनाव किया गया। दो कश्तियां थीं एक में अशोक कुमार को सवार होना था दूसरी में पारो को। उसे ये हिदायत थी कि जब उसकी कश्ती, अशोक की कश्ती के पास पहुंचे तो वो उसमें कूद जाए।

पानी बहुत गहरा था। हिदायत के मुताबिक़ पारो, अशोक कुमार की किश्ती में कूदी मगर ऐसा करते हुए दोनों कश्तियों में फ़ासला कुछ ज़्यादा हो गया। वो पानी में गिर पड़ी, वाचा मदद के लिए चिल्लाया। फ़ौरन साहिल पर से दो-तीन मछेरे पानी के अन्दर घुसे और पारो को पानी से बाहर ले आए।

औरत ज़ात, मगर हैरत है कि इस हादसे ने उसें बिल्कुल खौफ़ज़दा न किया। कपड़े खुश्क हुए तो वो दूसरे टेक के लिए तैयार थी।

जब वो अपने भीगे हुए कपड़े निचोड़ रही थी तो मैंने और अशोक ने उसकी एक टांग की झलक देखी जो काफ़ी दिलचस्प और शरीर (बदमाश) थी।

जब हम लोकेशन से फ़ारिग़ होकर घर की तरफ़ रवाना हुए तो रास्ते

में अशोक ने मुझे कहा। ''मन्टो... पारो की टांग बड़ी अच्छी थी... जी चाहता था, रोस्ट बनाकर खाजाऊं।''

अजीब बात है कि अशोक ऐसा डरपोक और झेंपू और अन्दरूनी तौर पर सादियत पसन्द था। इसकी वजह यही हो सकती है कि वो चूंकि अपने ख़्यालात दबा देने का आदी था। इसलिए प्रतिक्रिया की सूरत में ये सादियत पैदा हो गई थी।

टोस्ड, एम. जी कार में अशोक और मैं दोनों स्टूडियो से घर वापस जाया करते। और रास्ते में इधर-उधर की मुख़्तलिफ़ बातें किया करते थे। मोटर उस सड़क पर से भी गुज़रती थी जिस गली में पारो का फ़्लैट था। एक शाम जब हम वहां से गुज़रे तो थोड़ी दूर आगे निकल कर अशोक ने मोटर रोक ली। मैने उससे पूछा। ''क्या बात है?''

मुड़कर अशोक ने उस गली की तरफ़ देखा और कहा। ''आज होली की ख़ुशी में पारो ने दावत दी है। जाऊं या न जाऊं?''

''मुझे क्या ऐतराज़ हो सकता है, जाओ।''

''तो चलो तुम भी चलो।''

मैने कहा। ''मैं क्यों चलूं। मुझे उसने नहीं बुलाया।''

''कोई बात नहीं।'' ये कह कर उसने तेज़ी से मोटर घुमाई। और पारो के फ़्लैट के पास ब्रेक लगाई। हार्न बजाया तो बॉलकनी में वाचा और पाई नमूदार हुए।

पाई ने मुझे देखा तो अपने मकरूह दांतों की नुमाइश करते हुए बोला। ''अरे तुम भी आ गए।''

वाचा ने अशोक से कहा। ''आओ दादा मुनी आजाओ। तुम्हारा ही इंतज़ार हो रहा था।''

पारो ख़िलाफ़े-मामूल पारसी साड़ी पहनी दुल्हन बनी बैठी थी, हम कमरे में दाख़िल हुए तो उसने उठकर स्वागत किया। मुझे देखकर उसने बड़े उचित शब्दों में क्षमा मांगी कि मुझे भी बुलाना भूल गई।

फ़ौरन शराब का दौर शुरू हो गया। पहला पैग ख़त्म हुआ तो पाई झूमने लगा। वाचा ने फ़रमाइश की कि एक-आधा गाना हो जाए। पारो ने खाने वाली निगाहों से अशोक की तरफ़ देखा और कहा। ''क्यों अशोक साहब आप कुछ सुनेंगे?''

अशोक झेंप गया और अपने ख़ास अन्दाज़ में सिर्फ़ इतना कह सका। ''आप गाएंगी तो मैं सुनूंगा।''

गाना शुरू हुआ। बाज़ारी किस्म की ठुमरी थी उसके बाद एक गज़ल शुरू हुई फिर कोई फ़िल्मी गीत। इस दौरान पारो का शौहर या जो कोई भी वो था ग्लासों में शराब और सोडा उंडेलता रहा। दूसरे पैग के बाद पाई की आंखें मुंदने लगीं। अशोक ज़्यादा पीने का आदी नहीं इसलिए वो डेढ़ पैग से आगे न बढ़ सका। वाचा ने तीसरे के बाद अपने ग्लास का मुंह बन्द कर दिया।

ठुमरियां, गज़लें, गीत बहुत देर तक होती रहीं। आख़िर में जब उसने भजन सुनाया तो उसने मेरी मौजूदगी का एहसास करके एक नात (पैग़म्बर मुहममद की शान में कविता) शुरू की। लेकिन मैने फ़ौरन उसको रोक दिया। पारो देवी ये महफ़िले निशात (खुशी) है... शराब के दौर चल रहे हैं यहां काली कमली (पैग़म्बर मुहम्मद) वाले का ज़िक्र न किया जाए तो अच्छा है।

उसने अपनी ग़लती का ऐतराज़ किया और माफ़ी की तलबगार हुई।

खाना बहुत अच्छा था... अशोक जल्दी से फ़ारिग़ हो गया। उसके हाथ धुलवाने के लिए पारो उठी... जब अशोक वापस आया तो घबराया हुआ था। जल्दी-जल्दी रुख़्सत चाही और मुझे साथ लेकर वहां से चल दिया।

रास्ते में कोई बात न हुई उसने मुझे मेरे घर छोड़ा और चला गया।

कई दिन गुज़र गए। शूटिंग बड़ी बाक़ायदगी से हो रही थी। एक शाम जब मैं और अशोक वापस जा रहे थे तो शिवाजी पार्क के पास जहां पारो का फ़्लैट था, अशोक ने मोटर की रफ़्तार कम की और मुझसे मुख़ातिब हुआ। ''मन्टो, तुम्हें एक दिलचस्प बात बताऊं।'' उसके लहजे में किसी क़दर कपकपाहट थी।

मैने एक लम्हे के लिए सोचा कि ये दिलचस्प बात क्या हो सकती है। ''बताओ।''

अशोक हंसने लगा कि तुम्हें याद है उस रोज़ जब हम पारो के यहां खाना खा रहे थे तो वो मेरे हाथ धुलवाने के लिए उठी थी।

अशोक ने ये कहा तो मुझे उसकी घबराहट याद आगई। ''हां-हां।''

जब गुस्लख़ाने में मुझे उसने तौलिया दिया तो आहिस्ता से कहा। कल आप अकेले आइए... शाम को साढ़े छः बजे... मैं घबरा गया और तौलिया फेंक कर बाहर निकल आया।

उसने मोटर सड़क के किनारे ठहरा ली। मैंने उससे पूछा। ''तुम गए?''

''हां।'' अशोक ने स्टेयरिंग व्हील से हाथ उठाए और उन्हें ज़ोर-ज़ोर से मलने लगा। ''लेकिन भाग गया।''

मैं तफ़्सील जानना चाहता था। "हुआ क्या... पूरा सिनेरियो बताओ।"

मैं बड़ा डरपोक हूं... जाने मुझे ऐसे मौक़ों पर क्या हो जाता है... उसने मुझे सोफ़े पर बिठाया। और आप क़ालीन पर मेरे साथ लगकर बैठ गई। दो पैग मुझे पिलाए। खुद भी थोड़ी-सी पी और फिर... वो लगी अपनी मुहब्बत जताने... मैं सुनता रहा और कांपता रहा। जब उसने मेरा हाथ दबाया तो मैंने उसे बड़े ज़ोर से झटक दिया... उसकी आंखों में आंसू आगए। लेकिन फ़ौरन कहीं ग़ायब हो गए... वो मुस्कुराने लगी... भैया अशोक! मैं तो आपका इम्तहान ले रही थी... मैने ये सुना तो चकरा गया। उठा तो उसने फिर कहा। अशोक साहब!... मैं तो आपको अपना समझती हूं... मैने कुछ न कहा और नीचे उतर गया... कार में बैठा... घर पहुंचकर मैंने आधा पैग पी कर सोचा तो मुझे गुज़रे हुए वाक़िया पर बड़ा अफ़सोस हुआ। क्या हर्ज था। अगर मैं...

अशोक के लहजे में हैरत था।

मैंने कहा। "हां कोई हर्ज नहीं।"

अशोक के लहजे में अफ़सोस और ज़्यादा हो गया।

ये सुनकर मेरे सामने वो दृश्य आ गया जो उस वाक़िये के रोज़ रात के नौ बजे स्टूडियो से बाहर सख़्त सर्दी में फ़िल्माया जा रहा था। खुशी के जश्न में लोग नाच रहे थे... अशोक अपनी हिरोईन वीरा की बांहों में बांहें डाले नृत्य कर रहा था। और पारो एक तरफ़ उदास मूरत बनी अकेली खड़ी थी।

शिकारी औरतें

मैं आज आपको चन्द शिकारी औरतों के क़िस्से सुनाऊंगा। मेरा ख़्याल है कि आपको भी उनसे वास्ता पड़ा होगा।

मैं बम्बई में था। फ़िल्मिस्तान से आमतौर पर इलैक्ट्रीक ट्रेन से छः बजे घर पहुंच जाया करता था। लेकिन उस रोज़ मुझे देर हो गई। इसलिए कि "शिकारी" की कहानी पर बहस-मुबाहसा होता रहा।

मैं जब बम्बई सेन्ट्रल के स्टेशन पर उतरा तो मैंने एक लड़की को देखा जो थर्ड क्लास कम्पार्टमेंट से बाहर निकली। उसका रंग गहरा सांवला था। नाक-नक़्शा ठीक था। जवान थी। उसकी चाल बड़ी अनोखी-सी थी। ऐसा लगता था कि वो फ़िल्म का सीन लिख रही है।

मैं स्टेशन से बाहर आया और पुल पर विक्टोरिया गाड़ी का इंतज़ार करने लगा। मैं तेज़ चलने का आदी हूं इसलिए मैं दूसरे मुसाफ़िरों से बहुत पहले बाहर निकल आया था।

विक्टोरिया आई और मैं उसमें बैठ गया। मैने कोचवान से कहा कि आहिस्ता-आहिस्ता चले। इसलिए कि फ़िल्मिस्तान में कहानी पर बहस करते-करते मेरी तबीअत झल्ला-सी गई थी। मौसम खुशगवार था। विक्टोरिया वाला आहिस्ता-आहिस्ता पुल पर से उतरने लगा।

जब हम सीधी सड़क पर पहुंचे तो एक आदमी सिर पर टाट से ढका हुआ मटका उठाए सदा लगा रहा था। "कुल्फ़ी-कुल्फ़ी।"

जाने क्यों मैंने कोचवान से विक्टोरिया रोक लेने के लिए कहा और इस कुल्फ़ी बेचने वाले से कहा कि एक कुल्फ़ी दो... मैं अपनी तबीअत की झल्लाहट को किसी न किसी तरह दूर करना चाहता था।

उसने मुझे एक दोने में कुल्फ़ी दी। मैं खाने ही वाला था कि अचानक कोई धम से विक्टोरिया में आन घुसा। काफ़ी अंधेरा था। मैंने देखा तो वही गहरे रंग की सांवली लड़की थी।

मैं बहुत घबराया... वो मुस्कुरा रही थी। दोने में मेरी कुल्फ़ी पिघलना शुरू हो गई। उसने कुल्फ़ी वाले से बड़े बेतकल्लुफ़ अंदाज़ में कहा। ''एक मुझे भी दो।''

उसने दे दी।

गहरे सांवले रंग की लड़की ने उसे एक मिनट में चट कर दिया और विक्टोरिया वाले से कहा। ''चलो।''

मैंने उससे पूछा। ''कहां।''

''जहां भी तुम चाहते हो।''

''मुझे तो अपने घर जाना है।''

''तो घर ही ले चलो।''

''तुम कौन हो?''

''कितने भोले बनते हो।''

मैं समझ गया कि वो किस क़माश की लड़की है, इसलिए मैने इससे कहा। ''घर जाना ठीक नहीं... और ये विक्टोरिया भी ग़लत है... कोई टेक्सी ले लेते हैं।''

वो मेरे इस मशवरे पर बहुत खुश हुई... मेरी समझ में नहीं आता था कि उससे निजात कैसे हासिल करूं... उसे धक्का देकर बाहर निकालता तो उध म मच जाता। फिर मैंने ये भी सोचा कि औरत ज़ात है इससे फ़ायदा उठाकर कहीं वो ये वावेला न मचा दे कि मैंने उससे भोंडा मज़ाक़ किया है।

विक्टोरिया चलती रही और मैं सोचता रहा कि ये मुसीबत कैसे टल सकती है। आख़िर हम बेनी हस्पताल के पास पहुंच गए। वहां टेक्सियों का अड्डा था। मैंने विक्टोरिया वाले का उसका किराया अदा किया और एक टेक्सी ले ली। हम दोनों उसमें बैठ गए।

ड्राइवर ने पूछा। ''किधर जाना है साहब?''

मैं अगली सीट पर बैठा था। थोड़ी देर सोचने के बाद मैं ने उससे धीरे से कहा। ''मुझे कहीं भी नहीं जाना है... ये लो दस रूपये... इस लड़की को तुम जहां भी लेजाना चाहते हो ले जाओ।''

वो बहुत खुश हुआ।

दूसरे मोटर स्टैंड पर उसने गाड़ी ठहराई और मुझ से कहा। ''साहब

आपको सिगरेट लेने थे... उस ईरानी के होटल से सस्ते मिल जाएंगे।''

मैं फ़ौरन दरवाज़ा खोलकर बाहर निकला। गहरे रंग की लड़की ने कहा। ''दो पैकेट लाना।''

ड्राइवर ने उससे कहा। ''तीन ले आएंगे।'' और उसने मोटर स्टार्ट की और ये जा वो जा।

बम्बई ही का वाकि़या है मैं अपने फ़्लैट में अकेला बैठा था। मेरी बीवी शापिंग के लिए गई हुई थी कि एक घटिन जो बड़े तीखे नक़्शों वाली थी बेधड़क अन्दर चली आई। मैंने सोचा शायद नौकरी की तलाश में आई है मगर वो आते ही कुर्सी पर बैठ गई... मेरे सिगरेट केस से एक सिगरेट निकाला और उसे सुलगा कर मुस्कुराने लगी।

मैंने उससे पूछा। ''कौन हो तुम?''

''तुम पहचानते नहीं।''

''मैंने आज पहली दफ़ा तुम्हें देखा है।''

मेरा नौकर फ़ज़लुद्दीन आ गया... उसने तीखे नक़्शों वाली घाटिन को अपनी तहवील में ले लिया।

ये वाकि़या लाहौर का है।

मैं और एक मेरा दोस्त रेडियो स्टेशन जा रहे थे। जब हमारा तांगा एसेम्बली हॉल के पास पहुंचा तो एक तांगा हमारे तांगा से आगे आकर रुका। उसमें एक बुर्क़ा पहनी औरत थी जिसकी नक़ाब आधी खुली थी।

मैंने उसकी तरफ़ देखा तो उसकी आंखों में अजीब कि़स्म की शरारत नाचने लगी। मैंने अपने दोस्त से जो पिछली सीट पर बैठा था कहा। ''ये औरत बद्चलन मालूम होती है।''

''तुम ऐसे फ़ैसले एक दम मत दिया करो।''

''बहुत अच्छा जनाब... मैं आइन्दा एहतियात से काम लूंगा।''

बुर्क़ापोश औरत का तांगा हमारे तांगे से आगे-आगे था। वो टकटकी लगाए हमें देख रही थी। मैं बड़ा बुज़दिल हूं लेकिन इस वक़्त मुझे शरारत सूझी और मेंने उसे हाथ के इशारे से आदाब अर्ज़ कर दिया।

उसके आधे ढ़के चेहरेपर मुझे कोई रद्देअमल नज़र न आया जिससे मुझे बड़ी मायूसी हुई।

मेरा दोस्त गटकने लगा। उसको मेरी इस नाकामी से बड़ी मुसर्रत हुई।

लेकिन जब हमारा तांगा शिमला पहाड़ी के पास पहुंच रहा था तो बुर्क़ापोश औरत ने अपना तांगा ठहरा लिया और (मैं ज़्यादा विवरण में नहीं जाना चाहता)

वो आधी उठी हुई नक़ाब के अन्दर मुस्कुराती हुई आई और हमारे तांगे में बैठ गई... मेरे दोस्त के साथ।

मेरी समझ में न आया क्या किया जाए। मैंने उस बुर्क़ापोश औरत से कोई बात न की। और तांगे वाले से कहा वो रेडियो स्टेशन का रुख़ करे।

मैं उसे अन्दर ले गया... डायरेक्टर साहब से दोस्ताना संबंध था। मैंने उनसे कहा। "ये ख़ातून हमें रास्ते में पड़ी हुई मिल गईं। आपके पास ले आया हूं और दरख़्वास्त करता हूं कि इन्हें यहां कोई काम दिलवा दीजिए।

उन्होंने उसका आडिशन कराया जो काफ़ी इत्मीनानबख़्श था। जब वो ऑडिशन देकर आई तो उसने बुर्क़ा उतारा हुआ था। मैंने उसे ग़ौर से देखा। उसकी उम्र पच्चीस के क़रीब होगी। रंग गोरा आंखें बड़ी-बड़ी। लेकिन उसका जिस्म ऐसा मालूम होता था जेसे शकरक़ंद की तरह भोबल में डालकर बाहर निकाला गया है।

हम बातें कर रहे थे कि इतने में चपरासी आया। उसने कहा कि बाहर एक तांगा वाला खड़ा है। वो किराया मांगता है। मैंने सोचा शायद ज़्यादा देर हो जाने से वो तंग आ गया है चुनांचि मैं बाहर निकला। मैंने अपने तांगे वाले से पूछा। "भई! क्या बात है हम कहीं भाग तो नहीं गए?"

वो बड़ा हैरान होकर बोला। "क्या बात है सरकार!"

"तुमने कहला भेजा है कि मेरा किराया अदा करो।"

"मैंने जनाब किसी से कुछ नहीं कहा।"

उसके तांगे के साथ ही एक दूसरा तांगा खड़ा था। उसका कोचवान जो घोड़े को घास खिला रहा था, मेरे पास आया और बोला। "वो औरत जो आपके साथ गई थी वो कहां है?"

"अन्दर है... क्यों?"

"जी उसने दो घंटे मुझे ख़राब किया है... कभी इधर जाती थी कभी उधर... मैं तो समझता हूं कि उसको मालूम ही नहीं कि उसे कहां जाना है।"

"अब तुम क्या चाहते हो?"

"जी मैं अपना किराया चाहता हूं।"

"मैं उससे लेकर आता हूं।"

मैं अन्दर गया... उस बुर्क़ापोश औरत से जो अपना बुर्क़ा उतार चुकी

थी कहा: ''तुम्हारा तांगेवाला किराया मांगता है।''

''वो मुस्कुराई। ''मैं दे दूंगी।''

मैंने उसका पर्स जो सोफ़े पर पड़ा था उठाया.. उसको खोला... मगर उसमें एक पैसा भी नहीं था। बस के चन्द टिकट थे और दो बालों की पिनें. .. और एक वाहियात क़िस्म की लिपस्टिक।

मैंने वहां डायरेक्टर के दफ्तर में कुछ कहना मुनासिब न समझा। उनसे रुख़्सत तलब की। बाहर आकर उसके तांगे वाले को दो घंटों का किराया अदा किया और औरत को अपने दोस्त की मौजूदगी में कहा। ''तुम्हें इसका ख़्याल होना चाहिए था कि तांगा लिया है और तुम्हारे पर्स में एक कौड़ी भी नहीं।''

वो खिसयानी-सी हो गई। ''मैं... मैं... आप बड़े अच्छे आदमी हैं।''

''मैं बहुत बुरा हूं... तुम बड़ी अच्छी हो... कल से रेडियो स्टेशन आना शुरू कर दो... तुम्हारी आमदनी की सूरत पैदा हो जाएगी... ये बकवास जो तुमने शुरू कर रखी है। इसे छोड़ दो।''

मैंने उसे मजंग के पास छोड़ दिया... मेरा दोस्त वापस चला गया... इत्तफ़ाक़न मुझे एक काम से वहां जाना पड़ा। देखा कि मेरा दोस्त और वो औरत इकट्ठे जा रहे थे।

ये भी लाहौर ही का वाक़िया है।

चन्द रोज़ हुए। मैंने अपने एक दोस्त को मजबूर किया कि वो मुझे दस रूपये दे। उस दिन बैंक बन्द थे। उसने माज़ूरी का इज़हार किया। लेकिन जब मैंने उस पर ज़ोर दिया कि वो किसी न किसी तरह वो ये दस रूपये पैदा करे इसलिए कि मुझे अपनी एक इल्लत पूरी करना है, जिससे तुम वाक़िफ़ हो। तो उसने कहा। ''अच्छा मेरा एक दोस्त है वो इस वक़्त ग़ालिबन काफ़ी हाउस में होगा। वहां चलते हैं उम्मीद है काम बन जाएगा।''

हम दोनों तांगे में बैठ कर काफ़ी हाउस पहुंचे... माल रोड पर बड़े डाकख़ाने के क़रीब एक तांगा जा रहा था। उसमें निसवारी रंग का बुर्क़ा पहने एक औरत बैठी थी। उसकी नक़ाब पूरी की पूरी उठी हुई थी... वह तांगे वाले से बड़े बेतकल्लुफ़ अन्दाज़ में बात कर रही थी। उसके अल्फ़ाज़ सुनाई नहीं दिए लेकिन उसके होंठों की जुम्बिश से जो मुझे मालूम होता था हो गया।

हम काफ़ी हाउस पहुंचे तो उस औरत का तांगा भी वहीं रुक गया।

मेरे दोस्त ने अन्दर जाके दस रूपयों का बन्दोबस्त किया और बाहर निकला. .. वो औरत निसवारी बुर्क़े में जाने किसका इंतज़ार कर रही थी।

हम वापस घर आने लगे तो रास्ते में ख़रबूज़े के ढेर नज़र आ गए। हम दोनों तांगे से उतर कर ख़रबूज़े परखने लगे।

हमने एक साथ ये फ़ैसला किया कि अच्छे नहीं निकलेंगे क्योंकि उनकी शक्लो-सूरत बड़ी बेढंगी थी... जब उठे तो क्या देखते हैं कि वही निसवारी बुर्क़ा उसी तांगे में बैठा जा रहा था।

मेरे दोस्त को बड़ी हैरत हुई। "ये क्या बात है?... ये औरत क्यों बेकार घूम रही है।"

मैने कहा। "कोई बात ज़रूर होगी।"

हमारा तांगा मॉल रोड को मुड़ने ही वाला था कि वो निसवारी बुर्क़ा फिर नज़र आया। मेरे दोस्त कुंवारे हैं, लेकिन बड़े ज़ाहिद (परहेज़गार)... उनको जाने क्यों उकसाहट पैदा हुई कि उस निसवारी बुर्क़े से बड़ी बुलंद आवाज़ में कहा। "आप क्यों आवारा फिर रही हैं... आइए हमारे साथ।"

उसके तांगे ने फ़ौरन रुख़ बदला और मेरा दोस्त सख़्त परेशान होगया। जब वह निसवारी बर्क़ा हमकलाम हुआ तो उसने उससे कहा। "आपको तांगे में आवारागर्दी करने की ज़रूरत है। मैं आपसे शादी करने के लिए तैयार हूं।"

मेरे दोस्त ने उस निसवारी बुर्क़े से शादी कर ली।

हजामत

''मेरी तो आपने ज़िन्दगी हराम कर रखी है... खुदा करे मैं मर जाऊं।''

''अपने मरने की दुआएं क्यों मांगती हो, मैं मर जाऊं तो सारा क़िस्सा पाक हो जाएगा... कहो तो मैं अभी खुदकुशी करने के लिए तैयार हूं। यहां पास ही अफ़ीम का ठेका है। एक तोला अफ़ीम काफ़ी होगी।''

''जाओ, सोचते क्या हो?''

''जाता हूं... तुम उठो और मुझे... मालूम नहीं एक तोला अफ़ीम कितने में आती है। तुम मुझे अन्दाज़न दस रूपये दे दो।''

''दस रूपये।''

''हां भई... अपनी जान गंवानी है... दस रूपये ज़्यादा तो नहीं?''

''मैं नहीं देख सकती।''

''ज़रूर आपको अफ़ीम खाके मरना है?''

''संखिया भी हो सकता है।''

''कितने में आएगी?''

''मालूम नहीं... मैंने आज तक संखिया नहीं खाया।''

''आपको हर चीज़ का इल्म है। बनते क्यों हैं?''

''बना तुम मुझे रही हो... भला मुझे ज़हरों की कीमतों के बारे में क्या इल्म हो सकता है।''

''आपको हर चीज़ का इल्म है।''

''तुम्हारे बारे में तो मैं अभी तक कुछ भी न जान सका।''

''इसलिए कि आपने मेरे बारे में सोचा ही नहीं।''

''ये सरीहन तुम्हारी ज़्यादती है... पांच वर्ष हो गए हैं। तुम इनमें से

कोई ऐसा दिन पेश करो जब मैंने तुम्हारे बारे में न सोचा हो।''

''हटाइए... इन पांच वर्षों के जितने दिन होते हैं, इनमें आप मुझे से यही ख़ुराफ़ात (झूठ) कहते रहे हैं।''

''तुम हक़ीक़त को ख़ुराफ़ात कहती हो?... मैं अब क्या कहूं?''

''जो कहना चाहते हैं कह डालिए... आपकी ज़बान में लगाम ही कहां है।''

''फिर तुमने बद्ज़बानी शुरू कर दी।''

''बदज़बान तो आप हैं... मैने इन पांच वर्षों में, आप सर पर कुरआन उठा कर कहिए, कब आपसे इस क़िस्म की गुस्ताख़ी की है? गुस्ताख़ होंगे आपके...''

''रूक क्यों गई हो... जो कहना चाहती हो कह दो।''

''मैं कुछ कहना नहीं चाहती... आपसे कोई क्या कहे... आप तो यह जानते हैं कि आदमी को तकलीफ़ पहुंचे लेकिन वो उफ़ न करे। मैं तो ऐसी ज़िन्दगी से घबरा गई हूं।''

''तुम चाहती क्या हो? ये पता तो चले।''

''मैं कुछ नहीं चाहती।''

''फिर ये गिले-शिकवे क्या मानी रखते हैं?''

''इनके मानी आप बखूबी समझते हैं... अंजान क्यों बनते हैं? इन गिले शिकवों के पीछे कोई बात तो होगी।''

''क्या?''

''मैं क्या जानूं?''

''ये अजीब मंतिक़ है... ख़ुद ही फाड़ती हो ख़ुद ही रफ़ू करती हो. .. जो सही बात है उसको बताती क्यों नहीं हो... मेरी समझ में नहीं आता ये हर रोज़ के झगड़े हमें कहां ले जाएंगे?''

''जहन्नुम में।''

''वहां भी तो हमारा साथ होगा।''

''मैं तो वहां बिल्कुल न जाऊंगी।''

''तो कहां होगी तुम?''

''मुझे मालूम नहीं।''

''तुम्हें बहुत सारी बातें मालूम नहीं होतीं... सबसे बड़ी बात मेरी ...त है जिसका एहसास तुम्हें अभी तक नहीं हुआ... मेरी समझ में नहीं . या मैने उसके इज़हार में कमी की है या तुममें वो हिस (परख)

नहीं जो उस जज़्बे को पहचान सके।''

''अस्ल में बेहिस तो आप हैं।''

''कैसे?''

''ये भी कोई बात है। इन पांच वर्षों में हर रोज़... हर रोज़...''

''यही तो मेरी मुहब्बत का सबूत है।''

''लानत है ऐसी मुहब्बत पर कि आदमी तंग आ जाए।''

''मुहब्बत से कौन तंग आ सकता है?''

''मेरी मिसाल मौजूद है।''

''इसका मतलब ये है कि तुमने इक़रार किया है कि मैं तुम से मुहब्बत करता हूं।''

''मैंने कब इक़रार किया है?''

''ये इक़रार ही तो था।''

''होगा।''

''होगा नहीं... था... लेकिन तुम मानोगी नहीं। इसलिए कि ज़िद्दी हो। मेरी समझ में नहीं आता कि औरतों की सायकलोजी क्या हैं? जब इनसे प्यार किया जाए तो घबरा जाती हैं।''

''महज़ बकवास है।''

''इसलिए कि ये पुर-ख़ुलूस मैं देख चुकी हूं।''

''जब देख चुकी हो तो ईमान क्यों नहीं लाती हो?''

''मुझे तंग न कीजिए। मेरी तबीअत ख़राब है। मुझे कोई चीज़ अच्छी नहीं लगती...''

''अपने को भी अच्छा नहीं समझती?''

''ख़ुदा की क़सम... आज नहीं।''

''कल तो अच्छा समझोगी।''

''मुझे कुछ मालूम नहीं।''

''ये अजीब बात है कि तुम्हें सब कुछ मालूम होता है... मगर तुम्हें मालूम नहीं होता... ये क्या सिलसिला है?... तुम साफ़ अल्फ़ाज़ में ये क्यों नहीं कह देतीं कि तुम मुझ से नफ़रत करती हो।''

''तो सुन लीजिए... में आपसे नफ़रत करती हूं।''

''मुझे ये सुनकर बड़ा दुख हुआ है... मैंने तुम्हारी हर आसाइश का ख़्याल रखा है...''

''किस बात का?''

"आप अक़्लमंद हैं... ख़ुद समझिए... मैं क्यों बताऊं?"

"कोइ इशारा तो करो।"

"मैं ऐसी इशाराबाज़ियां नहीं जानती।"

"तुमने ऐसी गुफ्तगू कहां से सीखी है?"

"आप से।"

"मुझ से?... मुझे हैरत है कि ये इल्ज़ाम तुमने मुझ पर क्यों लगाया है?"

"आप पर तो हर इल्ज़ाम लग सकता है।"

"मिसाल के तौर पर।"

"मैं आपको मिसाल नहीं दे सकती... खुदा के लिए ये गुफ़्तगू बन्द कीजिए। मैं तंग आगई हूं... बस, मैंने कह दिया है कि मुझे..."

"क्या?"

"या अल्लाह मेरी तौबा।... मुझे ज़्यादा तंग न कीजिए... मेरा जी चाहता है अपने सर के बाल नोचना शुरू कर दूं।"

"मेरा सर मौजूद है... तुम इसके बाल बड़े शौक़ से नोच सकती हो।"

"आपको तो अपने बाल बड़े अज़ीज़ हैं?"

"इंसान को अपनी हर चीज़ अज़ीज़ होती है।"

"लेकिन मर्दों के सिर पर बालों के छत्ते भिड़ों के छत्ते मालूम होते हैं... आप, मालूम नहीं बाल कटवाने से क्यों परहेज़ करते हैं।"

"मैं परहेज़ी आदमी हूं।"

"इस क़दर झूठ... अभी परसों आपने मुझ से कहा कि आपने एक पार्टी में शराब पी थी।"

"लाहौल वला... मैंने शीरी का एक ग्लास पिया था।"

"वो क्या बला होती है?"

"बड़ी बेज़रर (जो नुक़्सान न पहुंचाए) क़िस्म की चीज़ है।"

"तुम्हारी बद्ज़बानियां कहीं मुझे बद्ज़बान न बना दें?"

"जैसे आप बद्ज़बान नहीं हैं। बद्ज़ान तुम्हारा बाप था...जानती हो... वो हर बात में गालियां बकता था।"

"मैं कहती हूं मेरे मरे बाप के बारे में कुछ न कहिए... आप बड़े वाहियात होते जा रहे हैं।"

"वाहियात कैसे होता जा रहा हूं।"

"मैं नहीं जानती।"

"जाने बग़ैर तुमने ये फ़तवा क्यों आयद कर दिया।"

"मैं ये पूछना चाहती हूं कि आपने इतने बाल क्यों बढ़ा रखी हैं?" मुझे वह्शत होती है।"

"बस इतनी-सी बात थी जिसको तुमने बतंगड़ बना दिया... मैं जा रहा हूं।"

"कहां?"

"बस! जा रहा हूं।"

"खुदा के लिए बता दीजिए... मैं खुदकुशी कर लूंगी।"

"मैं नुस्रत हेयर कटिंग सैलून में जा रहा हूं।"

मिर्ज़ा ग़ालिब की हश्मत ख़ां के घर दावत

जब हशमत खां को मालूम हो गया कि चौदहवीं (डोमनी) इसके बजाए मिर्ज़ा ग़ालिब की मुहब्बत का दम भरती है। हालांकि वो उसकी मां को हर महीने काफ़ी रूपये देता था और क़रीब-ब़रीब तय हो चुका था कि उसकी मिस्सी की रस्म बहुत जल्द बड़े एहतमाम से अदा कर दी जाएगी तो उसको बड़ा ताव आया। उसने सोचा कि मिर्ज़ा नौशा को किसी न किसी तरह ज़लील करना चाहिए। चुनांचि एक दिन मिर्ज़ा को रात को अपने यहां मदऊ किया।

मिर्ज़ा ग़ालिब वक़्त के बड़े पाबन्द थे। जब हशमत ख़ां के यहां पहुंचे तो देखा कि गिनती के चन्द लोग छोलदारी के नीचे शमओं की रोशनी में बैठे हैं। गाव तकिए लगे हैं। उगालदान जा-ब-जा क़लीनों पर पड़े हैं।

ग़ालिब आए, ताज़ीमन सब उठ खड़े हुए और उनसे गले मिले। वो हशमत खां से मुख़ातिब हुए। "हांय... ख़ां साहब यहां तो सन्नाटा पड़ा है. .. अभी कोई नहीं आया?"

हशमत ख़ां मुस्कुराया। "यूं क्यों नहीं कहते कि अंधेरा पड़ा है... चौदहवीं आए तो अभी चांदनी छिटक जाए।"

मिर्ज़ा ग़ालिब ने ये चोट बड़े तहम्मुल से बर्दाश्त की। "सच तो यूं है कि आपके घर में चौदहवीं के दम से रोशनी है। हत्थकड़ियों की झंकार और आपकी तेज़गुफ़्तार के सिवा यहां धरा ही क्या है?"

हशमत ख़ां खिसयाना-सा हो गया... उसको कोई जवाब न सूझा। इतने में दो-तीन लोग अन्दर दाखि़ल हुए जिनको हशमत ख़ां ने मदऊ किया था। "आइए-आइए जनाब जमील अहमद खां साहब... आइए और भई सरवर ख़ां, तुमने भी हद कर दी।"

हशमत ख़ां के मेहमानों ने, जो उसके दोस्त थे, मौज़ूं-व-मुनासिब अल्फ़ाज़ में माज़रत चाही और चांदनी पर बैठ गए।"

हशमत ख़ां ने अपने मुलाज़िम को अपनी गरजदार आवाज़ में बुलाया। "मुन्ने खां।"

मुन्ने खां भागता हुआ आया। "जी सरकार। हुक्म।"

"बी चौदहवीं अभी तक नहीं आई... क्या वजह?"

मुन्ने ख़ां ने अर्ज़ की। "जी हुज़ूर बहुत देर से आई लाल कमरे में बैठी हैं... सारे समाजी हाज़िर हैं... क्या हुक्म है?"

हशमत ख़ां ने तशतरी में से पान की चांदी और सोने के वरक़ लगा हुआ बीड़ा उठाया और अपने नौकर को दिया। "लो ये बीड़ा दे दो... महफ़िल में आ जाएं, गाना और नाच शुरू हो।"

मुन्ने ख़ां लाल कमरे में गया। चौदहवीं चूड़ीदार पायजामा पहने दोनों टख़्नों पर घुंघरू बांधे तैयार बैठी थी। उसने उस सांवली सलौनी जवानी को बीड़ा दिया। चौदहवीं ने उसे लेकर एक तरफ़ रख दिया। उठी, दोनों पांव फ़र्श पर मार कर घुंघरूओं को देखी और समाजियों से कहा। "तुम लोग चलो और लहरा बजाना शुरू करो... मैं आई।"

समाजियों ने हाज़ेरीन को फ़र्शी (झुककर) सलाम किया और एक तरफ़ बैठ गए। तब्ला सारंगी से मिलने लगा, लहरा बजना शुरू हुआ ही था कि चौदहवीं लाल कमरे ही से नाचती थिरकती महफ़िल में आई, कोरनिश बला लाकर एक छन्ना के साथ नाचने लगी। जमील अहमद ने एक तोड़े पर बेअख़्तियार होकर कहा। "बी चौदहवीं क्या नाच के अंगों में भाव-लजाव बता रही हो?" चौदहवीं ने जो कि एक नया तोड़ा ले रही थी उसे ख़त्म करके तस्लीम बजा लाते हुए कहा। "हुज़ूर आप रईस लोग क़द्रदानी फ़रमाते हैं वर्ना मैं नाचना क्या जानूं?"

सरवर ख़ां बहुत मसरूर थे कहा। "सच तो ये है कि बी चौदहवीं, तुम नाचती हो तो मालूम होता है फुलझड़ी छूट रही है।"

जमील अहमद ख़ां सरवर ख़ां से मुख़ातिब हुए। "अमा गुलरेज़ नहीं कहते।" फिर उन्होंने ग़ालिब की तरफ़ देखा। "क्यों मिर्ज़ा नौशा... सही

अर्ज़ कर रहा हूं ना?''

ग़ालिब ने कुछ लम्हे बाद चौदहवीं की तरफ़ कनखियों से देखा। ''मैं तो न फुलझड़ी कहूंगा और न गुलरेज़... बल्कि यूं कहूंगा कि मालूम होता है महताब फूट रही है।''

जमील अहमद बोले। ''वाह! क्यों न हो। शायर हैं न शायर, चौदहवीं का नाच और महताब, न फुलझड़ी न गुलरेज़। सुब्हानल्लाह-सुब्हानल्लाह।''

हशमत ख़ां ने अपनी मख़्सूस गरजदार आवाज़ में कहा। ''एक तो यूं इन बी साहबा की दिमाग़ चौथे आसान पर है, आप लोग और सातवें आसमान पर पहुंचा रहे हैं।''

चौदहवीं नाचते हुए एक अदा से हशमत ख़ां से कहती है। ''जी हां आपको तो बस कीड़े डालने आते हैं।''

हशमत ख़ां मुस्कुराता है और अपने दोस्तों की तरफ देखता है। ''अच्छा हज़रात सुनिए। जिस वक़्त चौदहवीं नाचती है मालूम देता है पानी पर मछली तैर रही है।'' फिर चौदहवीं से मुख़ातिब होता है। ''लो अब ख़ुश हुईं।''

चौदहवीं नाचना बन्द कर देती है और नन्हीं-सी नाक चिढ़ा कर कहती है। ''दिमाग़ कहां पहुंचा है। सड़ी बदबूदार मछली... दूर पार... नौज, मैं क्या मछली हूं?''

महफ़िल में फ़रमाइशी क़हक़हे लगते हैं। हशमत ख़ां को चौदहवीं का जवाब नागवार मालूम होता है... मगर चौदहवीं उसके बिगड़े हुए तेवरों की कोई परवाह नहीं करती और ग़ालिब के मुहब्बत की नज़र से देखकर उनकी ग़ज़ल बड़े जज़्बे के साथ गाना शुरू करती है।

ये जो हम हिज्र में दीवारो-दर को देखते हैं
कभी सबा को कभी नामा-बर को देखते हैं
वो आएं घर में हमारे ख़ुदा की क़ुदरत है
कभी हम उनको अभी अपने घर को देखते हैं

चौदहवीं ये ग़ज़ल ग़ालिब की तरफ़ रुख़ करके गाती है और कभी-कभी मुस्कुरा देती है... ग़ालिब भी मुस्कुरा देते हैं। हशमत ख़ां जल-भुन जाता है और चौदहवीं से बड़े कड़े लहजे में कहता है। ''अरे हटाओ ये ग़ज़लें-वज़लें, कोई ठुमरी-दादरी गाओ।''

चौदहवीं ग़ज़ल गाना बन्द कर देती है। मिर्ज़ा ग़ालिब की तरफ़ थोड़ी देर टकटकी बांध कर देखती है और ये ठुमरी अलापना शुरू कर देती है--

पिया बिन नाहीं आवत चैन

हशमत ख़ां के सारे मंसूबे ख़ाक में मिले जा रहे हैं। अपनी करख़्त आवाज़ में जान मुहम्मद को बुलाता है और उससे कहता है। ''वो मेरा संदूक़चा लाना।''

जान मुहम्मद बड़े अदब से दरयाफ़्त करता है। ''कौन-सा संदूक़चा हुज़ूर?''

''अरे वही, कल जिसमें मैंने तुम्हारे सामने कुछ ज़ेवरात लाके रखे हैं।''

गाना जारी रहता है-- इसी दौरान जान मुहम्मद संदूक़चा लाकर हशमत ख़ां के सामने रख देता है। वो ग़ालिब को, जो चौदहवीं के गाने में डूबे हुए हैं, एक नज़र देखकर मुस्कुराता है। संदूक़चा खोलकर एक जड़ाव गलुबंद निकाल कर चौदहवीं से मुख़ातिब होता है। चौदहवीं... इधर देखो. .. ये गलुबंद किस का?''

चौदहवीं एक अदा से जवाब देती है। ''मेरा।''

हशमत ख़ां, ग़ालिब की तरफ़ मानीख़ेज़ नज़रों से देखता है और संदूक़चे से जड़ाव-झाले निकाल कर चौदहवीं से पूछता है। ''अच्छा ये झाले किसके?''

फिर वही अदा, पर अब वो बनावटपन अख़्तियार कर रही थी। ''मेरे।''

हाज़ेरीन ये तमाशा देख रहे थे, जिनमें मिर्ज़ा ग़ालिब भी शामिल थे। सब हैरान थे कि ये हो क्या रहा है।

हशमत ख़ां अबकी कड़े निकालता है। ''चौदहवीं ये कड़ों की जोड़ी किसकी?''

चौदहवीं की अदा बिल्कुल बनावट हो गई। ''मेरी।''

अब हशमत ख़ां बड़ी खुदऐतमादी से उससे सवाल करता है। ''अच्छा ये बताओ चौदहवीं किसकी?''

चौदहवीं ज़रा रूक कर आंचल को आड़े करके देखती है। ''आपकी।'' ग़ालिब ख़ामूश रहते हैं। लेकिन हशमत ख़ां ने, जो शायद चौदहवीं के आंचल की ओट का जवाब समझ नहीं सका था, मिर्ज़ा से कहा। ''आप भी गवाह रहिएगा।''

ग़ालिब ने ज़रा तीखेपन से जवाब दिया। ''साज़िशी मुक़दमें में गवाही मुझसे दिलवाते हो।''

''तुमने नहीं सुना।''

''मिर्ज़ा ग़ालिब महफ़िल से उठकर जाते हुए हशमत ख़ां से कहते हैं।

"कुछ देखा न कुछ सुना... और दूसरे मुझी से मुक़दमा और मुझी से गवाही, ग़ज़ब अंधेरा।"

ग़ालिब के जाने के बाद महफ़िल दरहम-बरहम हो जाती है... चौदहवीं से हशमत ख़ां गाना जारी रखने के लिए कहता है... सिर्फ़ हुक्म की तामील के लिए वो गाती है, मगर उखड़े हुए सुरों में।

हशमत ख़ां दिली तौर पर महसूस करता है कि वो हार गया। आजका मैदान ग़ालिब मार गए।

दूसरे रोज़ सुबह ग़ालिब का भेजा हुआ आदमी मदारी चौदहवीं के घर पहुंचता है और चौदहवीं से मिलता है... वो उसको पहचानती थी, इसलिए बहुत ख़ुश होती है और उससे पूछती है। "क्यों मियां-मदारी, कहां से आए हो?"

"जी जश ख़ां के फाटक से आया हूं... नवाब मिर्ज़ा असदुलाह खां साहब ने भेजा है।"

चौदहवीं का दिल धड़कने गला। "क्यों क्या बात है?"

"जी उन्होंने ये तोड़ा भेजा है। "ये कहकर कि मदारी तोड़ा चौदहवीं को देता है जिसे वो जल्दी-जल्दी बड़े इश्तियाक़ से खोलती है। उसमें से ज़ेवरात निकलते हैं।

मदारी उससे कहता है। "बीबी जी गिनके संभाल लीजिए। और एक बात जो नवाब साहब ने कही है वो सुन लीजिए।"

"क्या कहा?"

मदारी थोड़ी हिचकिचाहट के बाद ज़बान खोली है... "उन्होंने कहा था... अपने रईस जमादार हशमत ख़ां से कहना कि जिन मुक़दमों का फ़ैसला रूपया-पैसा चढ़ा कर बड़ी आसानी से अपने हक़ में हो जाए, उनपर गवाहों की ज़रूरत नहीं हुआ करती।"

चौदहवीं पिछली रात के वाक़ियात की रोशनी में मिर्ज़ा नौशा की इस बात को फ़ौरन समझ जाती है और दांतों तले अपनी मख़रूती उंगलियों के नाख़ुन काटना शुरू कर देती है और सख़्त परेशान हो कर कहती है। "वही हुआ जो समझी थी... मियां मदारी, तुम ज़रा ठहरो तो मैं तुमसे कुछ कहूं।"

मदारी कुछ लम्हे कुछ सोचता है। लेकिन बीबी जी नवाब साहब ने फ़रमाया था कि देखो मदारी, ये तोड़ा दे आना, वापस न लाना और फ़ौरन चले आना।"

चौदहवीं और बेचैन हो जाती है। "ज़रा दम भर ठहरो... सुनो, उनसे कहना... मैं क्यों कर... हां ये कहना कि मेरी समझ में कुछ भी नहीं आता.

.. लेकिन सुना तुमने... कहना मैं मजबूरी में कह गई। नहीं-नहीं मर्द है बाबा कहना। हां क्या?... बस यही कि मेरा क़सूर कुछ नहीं। ये कहते-कहते उसकी आंखों में आंसू आ जाते हैं। ''लेकिन सुना मियां मदारी... तुम इतना ज़रूर कहना कि आप ख़ुद तशरीफ़ लाएं, तो मैं अपने दिल का हाल कहूं. .. अच्छा तो यूं कहना... ज़बानी अर्ज़ करूंगी... हाय और क्या कहूं... सुनो मेरा हाथ जोड़कर सलाम कहना।''

मदारी ''अच्छा-अच्छा'' कहता चला जाता है। लेकिन चौदहवीं उसे आंसू भरी आंखों से सीढ़ियों के पास ही रोक लेती है। ''ऐ मिया मधै... ऐ मियां मदारी... कहना मेरी जान की क़सम ज़रूर आइएगा... कहना मेरा मुर्दा देखिए... चौदहवीं बदनसीब को अपने हाथ से गाड़िये जो न आए... देखो ज़रूर सब-कुछ कहना।''

मदारी चला जाता है वो रोती-रोती बैठक में आती है और गाव तकिए पर गिर कर आंसू बहाने लगती है। थोड़ी देर के बाद जमादार हशमत ख़ां आता है और मानीख़ेज़ नज़रों से उसको देखता है। चौदहवीं को उसकी आमद का कुछ एहसास नहीं होता, इसलिए कि वो ग़मों के अथाह समुन्दर में थपेड़े खा रही थी। हशमत ख़ां उसके पास ही मसनद पर बैठ जाता है. .. फिर भी चौदहवीं को उसकी मौजूदगी का कुछ पता नहीं चलता... बेख़ुदी के आलम में वो उसकी तरफ़ बिल्कुल ख़ाली नज़रों से देखती है और बड़बड़ाती है। ''जाने वो उनसे सब बातें कहेगा भी या नहीं?''

हशमत ख़ां जो उसके पास ही बैठा था, करख़्त आवाज़ में बोला। ''मेरी जान मुझसे कही होतीं तो एक-एक तुम्हारे मिर्ज़ा नौशा तक पहुचा देता।''

चौदहवीं चौंक पड़ती है, जैसे उसको ख़्वाबों की दुनिया में किसी ने एकदम झिंझोड़ कर जगा दिया... उसकी आंसू भरी आंखें धुंधली हो रही थीं। उसे सिर्फ़ स्याह नुकीली मूंछें दिखाई दी। जिनका एक-एक बाल उसके दिल में तिन्कों की तरह चुभता था। आख़िर उसे कोई होश न रहा। वो समझता था कि ये भी एक चलित्र है जो आम तौर पर तवायफ़ों और डोमनियों से मंसूब है। वो ज़ोर-ज़ोर से क़हक़हे लगाता रहा और डोमनी बेहोशी के आलम में मिर्ज़ा नौशा की ख़ातिर-मदारात में फ़ौरन मशग़ूल हो गई थी। इसलिए कि वो उसके बुलाने पर आ गए थे।

जेण्टलमैनों का ब्रश

ये लगभग आज से बीस वर्ष पीछे की बात है। मेरी उम्र यही कोई बाईस वर्ष के क़रीब होगी या शायद इससे दो वर्ष कम। क्योंकि तारीख़ों और सनों के मामले में मेरी याद्दाश्त बिल्कुल जीरो है। मेरी दोस्ती का हलक़ा उन नौजवानों पर मुश्तमिल था जो उम्र में मुझ से काफी बड़े थे।

हफ़ीज़ पेन्टर की दुकान में, जो बिजली वाली चौक से बाएं हाथ हॉल बाज़ार के पास थी, हम सब बैठते और घंटों गप्पबाज़ी होती रहती। मैं पढ़ाई-वढ़ाई क़रीब-क़रीब छोड़ चुका था। इसी तरह मुबारक अपनी मुलाज़मत पर लात मार कर अमृतसर वापस चला आया था। वो किसी रियासत में मुलाज़िम था। हफ़ीज़ पेन्टर की अपने बाप से चख़ हो गई थी। इसलिए उसने अलाहदा एक बड़ी दुकान ले ली जो कुछ समय पहले एक कम्युनिस्ट सिक्ख की दुकान थी, जो ग्रामोफ़ोन डीलर था। ख़ैरूदीन की मस्जिद से लगी हुई ये दुकान हॉल बाज़ार में अच्छे मौक़ा पर थी यानी बिल्कुल हॉल बाज़ार के बीच में और मस्जिद के ज़ेरे-साया ख़राबात (मधुशाला) उसूलों के मातेहत होनी ही चाहिए। इसलिए उसे वो बहुत पसंद आ गई। इधर अज़ान होती तो उधर रिकार्ड बजते। लेकिन कोई दंगा-फ़साद इस बात पर वहां कभी न हुआ, अलबत्ता छोटी-छोटी बातों पर सैंकड़ों ख़ून होते रहते। समलैंगिक्ता पर, रण्डीबाज़ी पर, गुण्डों के दो मुख़ालिफ़ पार्टियों पर ऐसे साम्प्रदायिक दंगे आम थे जो एक-दो दिन अपनी धाक बिठा कर झाग की तरह ग़ायब हो जाते। गर्मी की पीली-पीली भिड़ों के मानिंद जो अपने इर्द-गिर्द जाला तन लेती हैं और बज़ाहिर बिल्कुल मुर्दा हो जाती हैं। लेकिन मालूम नहीं फिर मवाफ़िक़ मौसम आने पर ज़िन्दा हो

जाती हैं। और बेक़सूर आदमियों को काटने की अपनी आदत में मसरूफ़ हो जाती हैं।

अमृतशहर एक अजीबो-ग़रीब शहर है यहां हर एक क़िस्म की शय उस ज़माने में पाई जाती थी। भंगियों की लड़ाई से लेकर गवर्मेन्ट से पंजाकशी करने तक लोग भी भांति-भांति के थे। लाले अपनी बज़ाज़ी की दुकानों पर बैठे पादते रहते और कुछ ऐसे मनचले भी थे जो छोटे-छोटे पटाख़े बनाकर चिल्लाते थे कि लोगों के दिल दहल जाएं। दहशतपसन्द भी थे और अम्नपसन्द भी। नमाज़ी और परहेज़गार थे और अव्वल दर्जे के औबाश और गुनाहगार भी। मस्जिदें थीं और मन्दिर भी। उनमें गुनाह के काम होते थे और सवाब के भी।

यहां तक कि इंसानी ज़िन्दगी के ये सब धारे साथ-साथ बहा करते थे. .. कई सयासी तहरीकें हुईं। कई गुण्डों का आपस में कुश्तो-ख़ून हुआ। मुसलमानों और क़ादयानियों में मुनाज़रे हुए, जिनमें बड़े-बड़े उलमाए-कराम से हिस्सा लिया। क़हत पड़े, वबाएं आईं, जलियां-वाला का तारीख़ी हादसा हुआ, हज़ारों इंसान, जिनमें मुसलमान, सिक्ख, हिन्दू सब शामिल थे, मौत के घाट उतारे गए लेकिन अमृतसर जूं का तूं रहा।

हफ़ीज़ पेंटर की दुकान पर यूं तो दुनिया भर के सेयासी, मजलिसी और मआशी (आर्थिक) समस्याओं पर विचार-विमर्श और बहस होती रहती, मगर बड़े खास अन्दाज़ में। अस्ल में वो सब के सब आर्टिस्ट थे। इसलिए कुछ रस... उनको दरअसल मौसीक़ी से लगाव था। कोई तब्ले की जोड़ी उठा लेता, कोई सितार, कोई सारंगी और कोई तानपूरा हाथ में लेकर मियां की तोड़ी मालकौंस या भैरवी का अलाप शुरू कर देता।

यहां भांग भी घोटी जाती, चरस भरे सिगरेट भी पिए जाते, शराब के दौर अक्सर चलते, इसलिए कि दिन इतना बड़ा बेबाक नहीं था। साढ़े आठ रूपए में एक पूरी बोतल बढ़िया से बढ़िया स्कॉच व्हिस्की की आ जाती थी। हफ़ीज़ शाम को अपनी दुकान के भारी-भरखम किवाड़ बन्द कर देता और हम चटाइयों पर बैठ कर उस शराब से धीरे-धीरे आनंदित होते। फिर आधी रात को जब आस-पास की सारी दुकानें बन्द होतीं, हम मौसीक़ी का दौर शुरू कर देते।

यहां क़रीब-क़रीब सब गवैये, बड़े और छोटे फ़न का मुज़ाहिरा कर चुके थे। इसलिए कि ज़िन्दा-दिल नौजवानों की महफ़िल थी। फक्कड़बाज़ी भी होती तो कोई बुरा नहीं मानता था।

एक दिन मैं सुबह दस बजे के क़रीब हफ़ीज़ पेंटर की दुकान के सामने से गुज़र रहा था। इसलिए कि मुझे ज़रा आगे चल कर एक केमिस्ट की दुकान से अपने कान के लिए दवा लेनी थी कि हफ़ीज़ ने ब्रश कान में डाल कर मुझे तेज़ आवाज़ में पुकारा और उसी कान में डाले हुए ब्रश को निकाल कर उससे मुझे इशारा किया। जिसका मतलब ये था कि मैं उसकी बात सुनता जाऊं। मैं उसकी दुकान के पास खड़ा हो गया और उससे पूछा। "क्या बात है हफ़ीज़ साहब?"

हफ़ीज़ ने ब्रश फिर कान में डाल लिया और जवाब दिया। "बात ये है मेरी जान कि आज तवक्कुल का गाना होगा। उसके साथ मच्छर ख़ान और बसे ख़ान भी होंगे... वो मामला भी होगा... छः बजे से पहले ही आ जाना. .. मैंने तमाम दोस्तों को इत्तला दे दी है। तवक्कल को मैंने सुना तो नहीं लेकिन नए ख़्याल के लोग उसे पसंद कर रहे हैं। नौजवान है। कहते हैं कि खां साहब आशिक़ के मानिंद बेडार गाता है और हक़ अदा करता है।"

मैं बहुत ख़ुश हुआ। "आऊंगा और ज़रूर आऊंगा। मगर ये मच्छर ख़ान क्या बला है... क्या तुम उसे किसी मच्छरदानी के अन्दर बिठाओगे?"

हफ़ीज़ पेंटर खिलखिला कर हंसा। "अरे नहीं यार, उसकी आदत है कि जब कोई तान लेता है और वापस समय पर आता है और बड़े ज़ोर से अपनी रानों पर दो हत्तड़ें मारता है... इसलिए उसका नाम मच्छर ख़ान पड़ गया है। जैसे वो गा नहीं रहा बल्कि अपने बदन पर काटने वाले मच्छर मार रहा है।"

मैंने उससे कहा। "चलो उसका तमाशा देख लेंगे... पर अगर उसने आज रात कोई मच्छर न मारा तो ये तय है कि तुम्हारे आर्टिस्ट स्टूडियो से वो ज़िन्दा बाहर नहीं निकलेगा।"

हफ़ीज़ खिलखिला कर हंसा, कान में डाला हुआ ब्रश निकाला और साईन-बोर्ड पेंट करने लगा। "जाओ यार जाओ... मेरा वक़्त हर्ज कर रहे हो. .. मुझे ये काम वक़्त पर पूरा करना है।"

मैं वहां से चला गया... केमिस्ट की दुकान से दवा ली। बाहर निकला तो शैख़ साहब जो वहां के बहुत बड़े रईस थे। उनसे दो आमदी दुकान के पास खड़े बातें कर रहे थे। मैंने शैख़ साहब को सलाम किया... उन्होंने जैसा कि उनकी आदत थी छड़ी बिजली के खम्बे के साथ मारी। जब आवाज़ पैदा हुई तो उनको इत्मीनान हो गया और वो मुझसे मुख़ातिब हुए। "कहो भई सआदत क्या हाल है?"

मैंने अर्ज़ की। ''जनाब की दुआ से सब ठीक है।''

जिन दो आदमियों से शैख़ साहब बातें कर रहे थे, वह स्याहफ़ाम (ब्लैक) थे लेकिन अचकन का रंग उनके रंग से कहीं ज़्यादा काला था।

दुब्ला-पतला, लेकिन चेहरे के नक़्श तीखे। शैख़ साहब चलने लगे तो उस आबनूसी गोश्त-पोस्त के टुकड़े ने तेज़ी से बढ़कर शैख़ साहब के कोट की पीठ झाड़नी शुरू की, बड़ी नफ़ासत से। शैख़ साहब ने गर्मा कर उससे पूछा। ''क्या बात थी?''

उस आबनूसी आदमी ने बड़ी पतली आवाज़ में जवाब दिया। ''चन्द बाल थे और थोड़ी-सी गर्द।''

शैख़ साहब ने उसका शुक्रिया अदा किया और कहा। ''अच्छा तुम कल घर पर आ जाना।'' और वो फिर बिजली के खम्बे को अपनी छड़ी से बजाते हुए ग़ालिबन कम्पनी बाग़ की तरफ़ निकल गए।

एक दिन मैंने फिर उसे देखा। अपने कटरे के बाज़ार में वो लालों की मुसाहिबी में मसरूफ़ था। उसने साफ़-सुथरे कोटों पर से कई बार धूल-गर्द झाड़ी। चीजें जुदा कीं। उस दिन भी वो अपनी काली अचकन पहने था। हालांकि कपड़े पर ग़र्दो-गुबार फ़ौरन दिख जाता है, मगर मैने ग़ौर से देखा कि उस पर ऐसी कोई चीज़ नहीं थी। मेरा ख़्याल है वो जेन्टलमैनों के ब्रश के इलावा अपना ब्रश खुद भी था।

मुझे रास्ते में एक दोस्त मिल गया। मैंने उससे पूछा। ''ये आबनूसी आदमी कौन है?''

उसने हैरत से पूछा। ''कौनसा आबनूसी आदमी... बनमानुष सुने थे, मगर आबनूसी कहां से तुमने गढ़ लिया।''

मैने उससे ज़रा तेज़ लहजे में कहा। अरे ये आदमी जो हमारे आगे-आगे जा रहा है... चुग़द हो पर्ले दर्जे के। क्या इतना भी नहीं जानते कि आबनूस एक लकड़ी होती है।''

''तो क्या ये लकड़ी है जो चल-फिर रही है?''

''अबे नहीं। आबनूस का रंग काला होता है, चूंकि उसने काली अचकन पहनी है और रंग भी उसका खुदा के फ़ज़्ल से ख़ासा काला है, तो मैंने उसे आबनूसी आदमी कह दिया।''

मेरा दोस्त हंसा। ''अरे तुम नहीं जानते, उसका नाम जेन्टलमैनों का ब्रश है।''

''इतना तो मैं जानता हूं।''

मैंने चिढ़कर कहा। ''यही कि वो कहां रहता है और उसका पेशा क्या है?''

मेरा दोस्त मुस्कुराया। ''ये ज़ात का रबाबी है जो दरबार साहब में चौकी करते हैं... मगर ये वहां नहीं जाता....''

''क्यों?'' ''बस उसको अमीरों की सोहबत हासिल है उनमें ही उठता बैठता है और उनके कोटों पर ब्रश करता रहता है।''

मैंने उससे पूछा। ''खाता-पीता कहां से है?''

जवाब मिला। ''जिनकी मसाहबदारी करता है... इसके इलावा गाता बहुत अच्छा है।''

मैंने पूछा। तुमने कभी सुना है उसको?''

''नहीं, अलबत्ता तारीफ़ बहुत सुनी है।''

हम बातों में मशग़ूल पीछे रह गए और वो जेण्टलमैनों का आबनूसी ब्रश उन दो लालों के कोट झाड़ता बहुत दूर निकल गया।

थोड़ी देर के बाद मेरा दोस्त भी मुझसे जुदा हो गया। उसको कोई ज़रूरी काम था वर्ना उस शख़्स के बारे में कुछ और मालूमात हासिल करता।

अचानक मुझे अपने बहनोई (जो अमृतसर के ऑनरेरी मजिस्ट्रेट था और ख़ुदा मालूम क्या-क्या थे) के साथ एक प्रोग्राम में जाना पड़ा। अब मुझे अच्छी तरह याद नहीं कि वो प्रोग्राम था जो नए डिप्टी कमिशनर के ज्वाइन करने की खुशी में था। वो शख़्स वही काली अचकन पहने बड़े और रईस लोगों के इर्द-गिर्द चक्कर लगा रहा था। उसने आधे घंटे के अन्दर-अन्दर चुन-चुन कर कई रईसों के कोट साफ किए, अपनी पतली-पतली उंगलियों से। किसी के कॉलर पर से उसने बाल उठाए। किसी के कोट की पीठ पर से... कुछ लोगों के कोटों को, जब उसकी समझ में न आया वो गर्द अपने सफ़ेद रूमाल से झाड़ दी और हर एक से शुक्रिया वसूल किया।

बड़ी जुर्रत से काम लेकर वो डिप्टी कमिशनर बहादुर के पास भी पहुंचा। और उसकी पतलून साफ़ कर दी। वो अंग्रेज़ था। उसने जेण्टलमैनों के ब्रश का तहे-दिल से शुक्रिया अदा किया।

उसके बाद एक रात जबकि हल्की-हल्की बूदां-बांदी हो रही थी और हफ़ीज़ पेंटर की दुकान में हम माशूक़ अली फ़ोटोग्राफ़र से उसका गाना सुनकर महज़ूज़ हो रहे थे और साथ-साथ व्हिस्की भी पी रहे थे कि अचानक दुकान का फाटकनुमा दरवाज़ा खुला और जैण्टलमैनों का ब्रश

नमूदार हुआ। उसने हमसब से मुख़ातिब होकर कहा। ''मैं इधर से गुज़र रहा था कि गाने की आवाज़ सुनाई दी... माशाअल्लाह बड़ी सुरीली थी... है तो ये तहज़ीब के ख़िलाफ़ कि मैं बिन बुलाए चला आया... अगर आपकी इजाज़त हो तो क्या थोड़ी देर के लिए आपकी महफ़िल में शरीक हो सकता हूं।''

हफ़ीज़ पेन्टर और माशूक़ अली फ़ोटोग्राफ़र एक साथ बोले। ''हां-हां तशरीफ़ रखिए।''

मुबारक ने कहा। ''सिर आंखों पर... यहां मेरे पास बैठिए... आप तो खुद बड़े मार्के के गाने वाले हैं... कुछ नोश (खाना-पीना) फ़रमाइएगा?''

मुबारक की मुराद व्हिस्की से थी, मगर जैण्टलमैनों के ब्रश ने कहा। ''जी नहीं... मैं इस नेमत से महरूम हूं।''

सबके इसरार (अनुरोध) पर उसने गाना शुरू किया। मियां की तोड़ी थी जो उसने ऐसी गाई कि मज़े आ गए। इसके बाद उसने इजाज़त चाही. .. सब नशे में चूर थे। इसलिए उनको ये ख़बर नहीं थी कि बाहर ज़ोरों की बारिश हो रही है... लेकिन जैण्टलमैनों के ब्रश ने दरवाज़ा खोला तो उसने कहा। ''हुज़ूर बाहर बहुत बारिश हो रही है। कैसे जाइएगा?''

आबनूसी ब्रश के होंठों पर मुस्कुराहट नमूदार हुई। ''आप फ़िक्र न करें अभी लाला जगत नारायण कम्बल वाले की गाड़ी मुझे लेने के लिए आजाएगी। आप अपना शग़ल जारी रखिये। शुक्रिया।''

ये कहकर उसने दुकान का फाटकनुमा दरवाज़ा बन्द कर दिया।

एक घण्टे के बाद बारिश थमी तो महफ़िल ख़त्म कर दी गई। बाहर निकल कर हमने देखा कि कोई आदमी औंधे मुंह गिरा पड़ा है... मैंने ग़ौर से देखा तो चिल्लाया।

''अरे ये तो वही जेण्टलमैनों का ब्रश है।''

हफ़ीज़ ने लड़खड़ाते हुए लहजे में कहा। ''जेण्टलमैनों की ऐसी-तैसी. .. चलो अपने घर।''

सबने उसके फ़ैसले पर हामी भरी... जब वो चले गए तो थोड़ी देर के बाद वो शख़्स जो बेदाग़ काली अचकन पहनाता था और रईसों का कोट साफ़ किया करता था, होश में आया... उसकी अचकन कीचड़ से अटी हुई थी, मगर उसे साफ़ करने वाला कोई नहीं था।

लानत है ऐसी दवा पर

"आपको आज इतनी खांसी क्यों आ रही है?"

"मौसम की लब्दीली की वजह से गला ख़राब हो गया है।"

"ये सब बहाने हैं... मुझे मालूम है इस खांसी की अस्ल वजह क्या है।"

"तो बता दो।"

"मुझे क्या ज़रूरत पड़ी है, जबकि आप इसका इलाज खुद कर सकते हैं। मुझसे आपने कभी अपने ज़ाती मामलों के बारे में मश्विरा लिया है?"

"कब नहीं लिया... अभी कल ही मैंने तुम से पूछ कर बल्कि तुम्हें दुकान पर ले जाकर अपने लिए नोफ़र शू ख़रीदा था... और तुमने अपनी मर्ज़ी के मुताबिक़ एक सैंडल ली थी, हालांकि वो मुझे सख़्त नापसन्द थी।"

"आपको तो मेरी पसन्द की हर चीज़ नासन्द होती है।"

"तुम ग़लत कहती हो... पिछले दिनों जब तुम नुमाइश से अपने लिए ब्लाउज़ का कपड़ा लाई थीं तो मैंने बहुत पसन्द किया था... और तुम्हारी पसन्द और इंतख़ाब की तारीफ़ की थी।"

"ज़िन्दगी में एक दफ़ा तारीफ़ कर दी तो बड़ा एहसान किया।"

"इसमें एहसान की क्या बात है... मलूम नहीं आज तुम्हारा मिज़ाज क्यों बिगड़ गया है।"

"मुझे खांसी की शिकायत है, सारी रात खांसती रही हूं।"

"मैं रात भर जागता रहा हूं। सिर्फ़ तुम्हारे ख़र्राटों की आवाज़ के अलावा मैंने तुम्हारे हलक़ से और किसी क़िस्म की आवाज़ नहीं सुनी।"

"आप एक समय से बहरे हो चुके हैं... आपके कानों के पास कोई चिल्लाए, वावेला करे, मगर आपको कभी सुनाई नहीं देगा।"

''ये क्या बात है?... मेरी समझ में नहीं आता कि आख़िर तुम कहना क्या चाहती हो।''

''मैं कुछ कहना नहीं चाहती... और कहना भी नहीं चाहती... और कुछ कहना भी चाहूं तो आपका कान धर कर सुनेंगे कब?''

''क्यों नहीं सुनूंगा... मगर तुम कुछ कहो तो... अब मैं तुम्हारे दिल की बात कैसे बूझूं।''

''दिल को दिल से राहत होती है... मगर यहां ये राह सिरे से ग़ायब है।''

''कैसे ग़ायब हो गई ये राह, मेरा मतलब है तुम्हारा मेरा कोई रिश्ता नहीं रहा।''

''बस समझ लीजिए, कुछ ऐसी ही बात है।''

''ये कितनी बड़ी ट्रेजिडी है कि मुझे जिस बात का वहमो-गुमान भी नहीं, तुम आज इसका मुझे बता रही हो... अक़्लमंदों ने ठीक ही कहा है कि औरत को समझना बड़ा मुश्किल काम है।''

''जी।''

''जी... वो अक़्लमंद भी तो आप ऐसे मर्द थे... भोली-भाली औरत में ऐसा कौन-सा पेच है तो उनकी अक़्लमंदी को शिकश्त दे गया। वो ग़रीब तो एक सीधी सड़क है जिसमें कोई ख़म है ना मोड़।''

''दुरुस्त है लेकिन इस सीधी सड़क पर हर रोज़ कई एक्सिडेंट होते हैं... हज़ारों मर्द इस सीधी सड़क पर चलते-चलते ऐसे फैलते हैं कि सीधे क़ब्रिस्तान में पहुंच जाते हैं।

''आप क्यों नहीं पहुंचे अभी तक वहां?''

''जल्द ही पहुंच जाऊंगा... अगर तुम्हारा रवैया इसी क़िस्म का रहा।''

''मेरा रवैया क्यों?... मैंने आपसे क्या बद्तमीज़ी की है?... नौकरानी की तरह आपकी ख़िदमत करती रही हूं, क्या आप इससे इन्कार कर सकते हैं?''

''इन्कार करने की मजाल ही नहीं, इसलिए कि ये डर है कि तुम ज्वालामुखी की तरह फट पड़ोगी और इतना लावा उगलोगी जो मुझे एक लम्हे के अंदर कोयला बना कर रख देगा।''

''ज्वालामुखी तो आप हैं, जो आए दिन लावा उगलते रहते हैं।''

''ये तुम्हारे अख़बार की नई ख़बर है, जो मैं तुम्हारी ज़बान से सुन रहा हूं। वर्ना इससे पहले...''

''आप अपने अख़बार में इसी तरह के मज़मून छापते रहते हैं कि औरतें आग खाती हैं, अंगारे हगती हैं। और ये जो मर्दों को खांसी आती है

उसकी वजह भी औरत है।''

''लो तुमने खांसी का नाम लिया तो मेरे गले में खुजली शुरू हो गई.. अच्छा, अब बात मत करो। दवा का एक डोज़ पीने के बाद किसी क़दर तबीयत बहाल हो गई है।''

''खुदा आपकी तबीयत को बहाल रखे। मेरी तो यही दुआ है।''

''तुम्हारी दुआओं ही से तो अभी तक मैं ज़िन्दा हूं, वर्ना कबका मर चुका होता।''

''आपकी ये तन्ज़ीया गुफ़्तगू मुझे पसन्द नहीं... महीन-महीन चुटकियां लेने में जाने आपको क्या मज़ा आता है?''

''आप तो हर चीज़ से कोरे हैं, कोरे बर्तन की तरह।'' लेकिन दुनिया भर की अलाईशें बर्तन के साथ जुड़ी होती हैं।''

''आज तुम फ़ल्सफ़ा छांटने लगी हो।''

''ये अगर फ़ल्सफ़ा है तो आप खुदा मालूम क्या छांटते हैं?''

''... मुझे फिर खांसी का दौरा पड़ गया है।''

''आप दवा क्यों नहीं पीते?''

''मुझे... मुझे इससे नफ़रत है... इस की महक बहुत बुरी है।''

''तो क्या हुआ... दवा आख़िर दवा होती है... उसका टेस्ट अच्छा हो या बुरा, इंसान को उसे पीनी ही पड़ती है...!''

''तुम... तुम अपना लेक्चर बन्द करो... मैं... मैं... या अल्लाह मेरी तौबा... ये खांसी भी क्या बला है। सारा वजूद हिल जाता है।''

''आपने बद्परहेज़ी क्यों की?''

''कौन-सी बद्परहेज़ी?''

''चाट खाने की आपको चाट है... बाहर ही बाहर खाते रहे होंगे।''

''बाहर मैंने इस क़िस्म की कोई चीज़ नहीं खाई।''

''लेकिन, घर पर तो आप हर रोज़ खाते रहते हैं?''

''ये इल्ज़ाम तुम मुझ पर किस शहादत के हवाले से लगा रही हो?''

''जनाब! जब पिछले हफ़्ते सरगोधा गई थी, तो वापसी पर मुझे मालूम हुआ कि आप खुद अपने हाथ से आलू-छोले तैयार करके खा रहे हैं। इमली, अमचूर, अनारदाना सुर्ख़ और काली मिर्चें, इस क़दर डाली जाती थीं कि आदमी की ज़बान जल जाए।''

''लेकिन तुम्हारी ज़बान नहीं जली, ये झूठ बोलते हुए... तुम अच्छी तरह जानती हो...''

"मैं आपके बारे में हर बात के बारे में अच्छी तरह जानती हूं... खट्टी चीज़ें आपको बहुत पसन्द हैं... आम तौर पर यही कहा जाता है कि औरतें खट्टा खाना बहुत पसन्द करती हैं... लेकिन आप इनसे कई क़दम आगे बढ़े हुए हैं।"

"खांसी का दौरा फिर शुरू हो गया..."

"होना ही था... दवा लाऊं?"

"... नहीं... नहीं...?"

"नहीं आपको पीना पड़ेगी..."

"भई मैं कह चुका हूं कि इसकी महक बहुत बुरी है। इसके अलावा डॉक्टर की हिदायत ये है कि एक-एक घंटे के बाद ख़ुराक पी जाए।"

"तो आपको इस हिदायत पर अमल करना चाहिए।"

"ख़ाक अमल करूं। जबकि दवा मुझे पसन्द ही नहीं। मैं हर घंटे के बाद अज़ाब सहने के लिए तैयार नहीं।"

"आप जो कुछ भी कहें ठीक है, लेकिन ये दवा आपको ज़रूर पीना पड़ेगी।"

"अच्छा बाबा... मैं हारा तुम जीतीं... लाओ ग्लास।"

"मैंने तैयार कर रखा है... ये लीजिए।"

"बर्फ़ डाल डी थी इसमें?"

"जी हां... आपतो पहले पानी मिला कर पीते रहे हैं... लेकिन सरगोधा जाने से पहले, आपने मुझ से कहा था कि डाक्टर साहब ने ये हिदायत दी थी कि ये दवा खारे सोडे के पी जाए... चुनांचि मैंने..."

"ठीक है, ठीक है लाओ। ग्लास दो मुझे कि ज़हरमार कर लूं।"

"ये लीजिए मगर आपका हाथ कांप रहा है।"

"कांपने दो... दवा पीने के बाद ठीक हो जाएगा।"

"देखो जो अल्लाह को मंजूर है... तौबा... कैसी बुरी महक है इसकी. ख़ुराक भी इतनी बड़ी है जो घोड़ों को दी जाती होगी। बड़ी बोतल में बारह के निशान है... यानी दिन में बारह बार। इस वाहियात चीज़ को पानी या सोडे के साथ मिलाकर पीया जाए... ये डाक्टर लोग भी अजीब क़िस्म के इंसान हैं... मरीज़ की सायकलोजी के बारे में कुछ सोचते ही नहीं।"

"सायकलोजी... ये क्या चीज़ है?"

"ठहरो... मैं ये दवा पीलूं, तो बता दूंगा कि ये क्या चीज़ है?"

"आप कहते थे कि दवा बहुत बुरी है, मगर आप सारा ग्लास यूं पी

गए, जैसे कोई बड़ा मज़ेदार शर्बत हो।''

''तो क्या करता... मजबूरी में, इंसान को हर मुश्किल ख़न्दापेशानी से बर्दाश्त करनी पड़ती है।''

''अब ग्यारह बजे हैं। बारह बजे आपको फिर यही दवाई पीना है।''

''पीयूंगा... मेरा बाप भी पीएगा। ख़ुदा उसे जन्नत नसीब करे।''

''अच्छा, अब मुझे आराम करने दो... बारह बजे इस वाहियात दवा की ख़ुराक ले आना, जिसे मैं ज़हरमार कर लूंगा।''

''क्या आप सोना चाहते हैं?''

''नहीं, सोने का सवाल ही पैदा नहीं होता। जब तक इस बोतल की दवा ख़त्म न हो जाए।''

''तो आप लेटे रहेंगे?''

''नहीं। दूसरे कमरे में जाकर कोई किताब या मैगज़ीन पढ़ूंगा, जब तक बारह बज जाएंगे।''

''आप क्या खाएंगे?''

''जो तुमने पकाया होगा। वैसे अगर गुर्दे हों तो बहुत अच्छे रहेंगे... डॉक्टर साहब ने कहा था कि भुने हुए गुर्दे तुम्हारे गुर्दों को किसी क़दर कमज़ोर हैं आराम पहुंचाएंगे।''

''मैं अभी मंगवा कर तैयार किए देती हूं।''

''आख़िरी डोज़ कहां गई?''

''वो मैंने अपनी पड़ोसी को दे दी... उसको भी खांसी की शिकायत थी।''

''लेकिन... मेरा मतलब ये है कि... उसे कुछ फ़ायदा हुआ?''

''कुछ भी नहीं... उस पर इसका इतना असर हुआ है... दवा की ख़ुराक पीने के बाद वाही-तबाही बकने लगी। ग़ालिब और मीर के शेर अपने पति को सुनाती रही।''

''मैं इतने दिनों से ये दवा पी रहा हूं। ग़ालिब का सारा कलाम मुझे याद है, लेकिन मैंने आज तक तुम्हें इसका कोई शेर नहीं सुनाया।''

''शेर तो नहीं सुनाया। लेकिन रात को आप अक्सर पॉलीटिक्स पर लेक्चर दिया करते हैं।''

''लेक्चर... हां... मेरा ख़्याल है... मेरा ख़्याल है कि इस दवा में शराब का कुछ हिस्सा है।''

‘‘शराब का हिस्सा बिल्कुल नहीं... इसका हर क़तरा शाराब है।’’

‘‘क्या मतलब?’’

‘‘जी, सारी चालाकी का पता चल गया... मेरी पड़ोसन के पति ने जब डाक्टर को बुलाया तो उसने कहा कि आपकी औरत ने शराब पी है।’’

‘‘तो लानत है ऐसी दवा पर।’’

मोचना

नाम उसका माया था। नाटे क़द की औरत थी। चेहरा बालों से भरा हुआ। ऊपरी होंठ पर तो बाल ऐसे थे जैसे आपकी और मेरी मूंछों के। माथा बहुत तंग था, वो भी बालों से भरा हुआ। यही वजह है कि उसको मोचने की ज़रूरत अक्सर पेश आती है।

रावलपिंडी के एक मामूली घराने से सम्बंध रखती थी। जिससे रिश्ता तोड़े एक ज़माना गुज़र चुका था। सिर्फ़ इतना मालूम है कि वहीं उसकी शादी हुई। जब उसकी उम्र सोलह वर्ष के क़रीब थी। दो वर्ष होने को आए तो उसके शौहर को शक गुज़रा कि माया का चाल-चलन ख़राब है। मुहल्ले में वो एक नहीं, तीन आदमियों से एक साथ इश्क़ लड़ा रही है।

इस तगड़े इश्क़ के दौरान माया को एहसास हुआ कि उसका माथा तंग है। उसके ऊपरी होंठ और ठोड़ी पर बाल हैं जो बड़े बद्‌नुमा मालूम होते हैं। चुनांचि उसने एक मोचना ख़रीद लिया और ग़ैर-ज़रूरी बद्‌नुमा बालों का सफ़ाया कर दिया। लेकिन वो एक मुसीबत में रिगफ्तार हो गई। उसका विचार था कि एक बार बाल नोचने के बाद वो हमेशा के लिए उनसे छुटकारा पा लेगी। उसको मोचने से माथे, ठोड़ी और ऊपरी होंठ के बाल उखेड़ने में बड़ी मेहनत करना पड़ी थी। एक-एक करके हर बाल को मोचने की गिरफ़्त में लेना और फिर उसे एक ही झटके में बाहर निकालना बहुत मुश्किल काम था। मगर माया धुन की पक्की थी। ये काम वो ख़ुद अपने हाथ से कर रही थी, लेकिन इसके बावजूद वो दर्द के मारे बिलबिला उठी थी।

जब सारा मैदान साफ़ हो गया तो उसने इत्मीनान का सांस लिया...

मगर उसे क्या मालूम था कि वो कमबख़्त दूसरे ही रोज़ फिर नमूदार हो जाएंगे... चुनांचि जब उन्होंने उसके चेहरे की जिल्द से अपना सर निकाला तो माया सर पकड़ कर बैठ गई।

अब इसके सिवा और कोई चारा नहीं था कि हर चौथवें-पांचवें रोज़ अपने ग़ैर-ज़रूरी बालों की सफ़ाई किया करे... आहिस्ता-आहिस्ता मोचना उसकी ज़िन्दगी का अहम हिस्सा बन गया। वो जहां भी जाती मोचना उसके साथ होता... लेकिन उसके इस्तेमाल में उसे उन दिनों सख़्त दिक़्क़त महसूस होती जबकि वो किसी दूसरे के घर होती। अपने घर में भी उसे सबकी नज़र बचा कर किसी ऐसी जगह अपने बाल नोचने पड़ते थे जहां किसी के गुज़र की उम्मीद न हो। फिर भी कोई पत्ता खड़कता था तो वो भड़क उठती थी, जैसे कोई बहुत बड़ा गुनाह कर रही है।

''मन्टो साहब मैं अब सोचता हूं कि उससे ऐसा कौन-सा गुनाह हो गया था जो ख़ुदा ने उसके मूंछें और दाढी उगा दी थीं। उसका माथा इस क़दर तंग कर दिया था कि उसकी घनी भवों के साथ आगे मिल गया था। उसके सारे बदन पर बाल ही बाल थे। मालूम नहीं क्यों... बाल... रोएं नहीं... अच्छे तगड़े बाल... स्याह। आप यक़ीनन कहिएगा कि फिर उसमें ऐसा कौन सा खींचाव था कि तुम उस पर लट्टू हो गए और बहुत देर तक लट्टू रहे। इसलिए अर्ज़ है कि मैं उसके बारे में कुछ नहीं जानता।''

मैंने शकील की तरफ़ देखा और मुस्कुरा कर कहा।

''आप इतने बड़े शायर हैं, जब वो आपके पास थी तो आपने बड़ी ख़ूबसूत ग़ज़लें और नज़्में लिखीं, जिनमें माया का परतौ लफ़्ज़-लफ़्ज़ में मिलता है। जब वो चली गई तो आपने तो फिर आपने बड़ी ज़हरीली-ज़हरीली ग़ज़लें और नज़्में लिखीं। उनमें भी माया का अक्स साफ़ नज़र आता है। हैरत है कि आपको इतना भी मालूम नहीं कि आपका उस पर लट्टू होने की वजह क्या थी?''

शकील ने माथे का पसीना पेंसिल से एक तरफ़ हटा कर कहा। ''माया... सिर्फ़ माया... और... माया क्या थी... ये ख़ुदा की क़सम मैं नहीं जान सका। मेरी शायरी पर लानत भेजिए क्योंकि वो जज़्बाती थी। उसमें भी वही माया की कोशिश थी कि मैं बज़ाहिर बेवजह लट्टू हो गया था... लेकिन...'' शकली एक लम्हे के लिए रुक गया। ''वो बिस्तर की बेहतरीन दोस्त थी।''

जहां तक मैं समझता हूं शकील का ये ब्यान बहुत हद तक दुरुस्त था।

माया एक नुची हुई मुर्ग़ी थी। उसके मुक़ाबले में शकील के सुनहरे जलवों की ब्याही हुई औरत पठानी हुस्न का बेहतरीन नमूना था... इसलिए वो बच्चों की मां थी, मगर शायद वो बिस्तर की अच्छी दोस्त नहीं थी।

माया शादी-शुदा थी, मगर औलाद से महरूम है। उसके रावलपिंडी में कई सिलसिले हो चुके थे मगर वहां से भी कोई नतीजा हासिल नहीं हुआ था.. उसके माथे, उसके ऊपरी होंठ और उसके ठोड़ी के बाल बढ़ते जा रहे थे और मोचने के काम में इसी के हिसाब से इज़ाफ़ी होता चला जा रहा था। रावलपिंडी में जब उसने खेल खेलना शुरू किया तो उसके शौहर ने, जो कि एक शरीफ़ मिडिल क्लास का दुकानदार था, उसे एक दिन घर से बाहर निकाल दिया। माया ने कोई लड़ाई-झगड़ा न किया। अलबत्ता दूसरे दिन मैके से अपने शौहर को ख़त लिखा कि वो मेहरबानी करके उसका मोचना भेज दे।

उसके शौहर गुण्डा सिंह ने बहुत मुश्किल से मोचना तलाश किया और आईना के साथ भेजवाया। माया के ज़ेवर वग़ैरह जो उसके पास थे उसके पास रहे। माया ने उनका मुतालबा कभी न किया।

उसके चाहने वालों की कमी न थी। चुनांचि दूसरे ही रोज़ वो एक मुसलमान घड़ीसाज़ के साथ रहने लगी। वो इस पर जान छिड़कता था। एक वर्ष के अन्दर-अन्दर उसने माया को कई ज़ेवर बनवा दिए। एक घड़ी जो किसी ग्राहक की थी उसकी कलाई पर बांध दी। ये बड़ी महंगी घड़ी थी। जब ग्राहक ने उसका मुतालबा किया तो साफ़ इन्कार कर गया... उसने कहा। "आपसे ग़लती हुई है। ये शहाबुद्दीन की दुकान है।"

वो औरत जिसकी ये घड़ी थी कोई शरीफ़ औरत थी। ये सुनकर ख़ामोश होकर चली गई। शहाबुद्दीन बावजूद उसके कि उसका ज़मीर मलामत कर रहा था ज़बरदस्ती ख़ुश होने की कोशिश करता। जब घर पहुंचा तो उसे मालूम हुआ कि माया देवी, जिसका इस्लामी नाम सुग़रा रखा हुआ था, पड़ोस के घर में है जो शहर के छटे हुए बद्‌माश का था।

अब शहाबुद्दीन घड़ीसाज़ के घर से माया का तबादला हो गया। वो पड़ोस में अमीन पडंग के यहां चली गई। मामूली-सा झगड़ा हुआ था। माया के सारे कपड़े वहीं पड़े रहे लेकिन वो अपना मोचना लेती गई।

अमीन पडंग नंगे क़िस्म का आदमी था। उसने माया से साफ़-साफ़ कह दिया। "देखो अगर तुमने फिर कोई वैसा मामला किया तो याद रखो मैं तुम्हारी गर्दन इस चाक़ू से काट डालूंगा।" वह हर वक़्त अपनी जेब में

एक बड़ा ख़ौफ़नाक कमानी वाला चाकू़ रखता था। मगर माया उससे बिल्कुल भी डरती नहीं थी। अमीन पडंग का एक नौजवान लड़का यूसुफ़ था जो कॉलेज में पढ़ता था। चन्द दिनों ही में उसने उस नौजवान को अपना चाहने वाला बना लिया। अमीन काम पर जाता तो यूसुफ़ कालेज से ग़ैर-हाज़िर होकर उसके पास पहुंच जाता... आख़िर एक रोज़ भांडा फूट गया। बाप-बेटे की मुठभेड़ हुई, क़रीब था कि वो उसके पेट में अपना कमानी वाला चाकू़ भोंक कर उसका ख़ात्मा कर दे कि माया ने अक़्ल से काम लेकर बीच-बचाव करा दिया और तीन कपड़ों में वहां से निकल गई।

सुना है कि अमीन पड़ंग उसके जाने के बाद बहुत देर उदास रहा... दोस्तों में वो हर वक़्त उसकी बातें करता था। कहा जाता है कि अगर माया से उसकी अचानक मुलाक़ात हो जाती तो उसे किसी क़ीमत पर भी छोड़ने के लिए तैयार न होता। कपड़े रंगने छोड़कर वो सारा दिन वारिस शाह की हीर सुना करता था।

मुझे सिर्फ़ यहां तक मालूम था। चुनांचि कुछ और मालूमात के लिए मैंने शकली से जो कि अपनी दास्तान बयान कर रहा था पूछा। "अमीन पडंग के बाद वो किस के पास गई?"

शकील ने ग़ुस्से में मुस्कुराते हुए जवाब दिया। "हज़ारों के पास... लॉरी ड्राइवर हरबंस सिंह के पास, सिनेमा ऑपरेटर मुकुन्द लाल के पास. .. दयाल सिंह कॉलेज के एक प्रोफ़ेसर के पास... स्टार बैकरी के मालिक हुसैन बख़्श के पास.. एक्सट्रा सप्लाइज़ ग़ुलाम मुहम्मद के पास।" शकील के होंठों पर अभी तक वो ग़ुस्सा मौजूद था। "एक वर्ष में... जो कि उस नेकबख़्त के लिए बहुत बड़ा अर्सा था..." और उसने मेरी तरफ़ बड़ी मानीदार निगाहों से देखा जो कि ग़मगीन थीं। "आपको मालूम है, हर बार, अपने नए यार से जुदा होने के बाद उसने एक रुक्क़ा लिखा, जिसमें ये दरख़्वास्त थी कि उसका मोचना उसको भेज दिया जाए।"

"मैं कबाब हो गया– मोचने में आख़िर ऐसी कौन-सी बात थी कि माया और तमाम चीज़ें छोड़कर सिर्फ़ उसकी वापसी की दरख़्वास्त करती थी। चुनांचि उसने शकील से पूछा। "ये मोचना सोने का था... जुड़ाव का था।"

शकील मुस्कुराया। "जी नहीं... मामूली लोहे का था। ज़्यादा से ज़्यादा उसकी क़ीमत चार आने होगी। मगर वो हमेशा के लिए दोस्त बन गया। कमबख़्त ने किसी मर्द को हमेशा के लिए दोस्त नहीं बनाया था मगर ये मोचना उसका जीवन साथी था।"

अमीन पडंग को मालूम था कि मोचना कहां पड़ा है। उसने सोचा कि गोल करदे और लड़के के एक धौल रसीद कर के रुख़सत कर दे... या उसके सर पर अस्तुरा फिरवा कर वापस भेज दे कि मोचने ने इतना काम किया है कि वो अब किसी काम का नहीं रहा... मगर फिर जाने उसे क्या ख़्याल आया कि उसने कारनिस पर से मोचना उठाया... उसके दांतों में से माया की भवों के चन्द बाल निकले और एक तरफ़ फेंक दिए। अमीन पड़ंग बावजूद इसके कि बहुत बड़ा गुण्डा था मोचने को देखकर मोम हो गया और उसने संदेशवाहक लड़के का मुंडवाने का ख़्याल छोड़ दिया।

मुझे ये मालूम करने की ख़्वाहिश थी कि अमीन पड़ंग के बाद किसके पास गई? लेकिन शकील ने मुझे फ़ौरन बता दिया।

"मन्टो साहब वो एक मर्द की औरत न थी लेकिन शायद ये कहना दुरुस्त नहीं। वो ऐसी मेल थी जो स्टेशन पर रुक कर कोयला-पानी चाहती थी... अमीन के बाद वो असिस्टेंट डायरेक्टर हरबंस सिंह के पास तीन महीने रही। फिर साउण्ड रिर्कािडस्ट पी.एन आहूजा के पास एक माह और चन्द दिन... उसके बाद... उसके बाद।" मैंने पूछा। "किसके पास?"

शकील ने शर्मा कर जवाब दिया। "आपके इस ख़ाकसार के पास, जिसे दाराशिकोहुल-मारूफ़ शकील कहते हैं... लानत हो उस पर हज़ार बार।"

मैंने दरयाफ़्त किया "आप इस लानत में कैसे गिरफ़्तार हुए?"

शकील ने ठेठ पेशावरी लहजे में कहा। "मन्टो साहब... वो लानत ऐसी है कि उसमें रिगफ़्तार हुए बिना कोई नहीं रह सकता... आप बहुत लौह पुरूष बने फिरते हैं, लेकिन मुझे यक़ीन है कि अगर आप उसे देखते तो यक़ीनन अपनी सारी अफ़्साना-निगारी भूल जाते... अगर न भूलते तो क़लम की बजाए मोचने से अफ़्साने लिखते। यूं कहिए कि आप अदब की मूंछों के बाल उखेड़ने में सारी उम्र ख़त्म कर देते।"

हो सकता है ऐसा ही होता क्योंकि मैं भी अमीन, शकील और गुण्डा सिंह की तरह एक इंसान हूं लेकिन मेरी समझ में नहीं आता कि मोचने में क्या खूबी थी कि वो माया की ज़िन्दगी के साथ ऐसी बुरी तरह चिपक गया था।

मैंने शकील से कहा। " तुम्हारा इसका सिलसिला कितनी देर तक क़ायम रहा?"

शकील ने कांपती हुई उंगलियों से सिगरेट सुलगाया। "क़रीब-क़रीब दो वर्ष तक।" और वो बेहद संजीदा हो गया। "और मन्टो साहब आप यक़ीन मानिए, मैं सारी दुनिया को भूल गया।" मैंने सवाल किया। "क्यों?"

शकील सोचने लगा... "कुछ नहीं कह सकता... शायद उसकी मूंछों के बाल... जो मोचने के इस्तेमाल से बड़े खुरदुरे हो गए थे... वो... वो... बड़ी हरारत पैदा करते थे और उसका जिस्म सर से पैर तक बालों से भरा हुआ था। मंटो साहब शायर हूं। मैंने हमेशा नर्म और चिकने बदन की तारीफ़ की है जिस पर से आदमी फिसल-फिसल जाए। मगर माया की दोस्ती के बाद मुझे मालूम हुआ कि ये सब बकवास है, सारा मज़ा अटक-अटक जाने में है... बस में सिर्फ़ इतना जानता हूं।"

मैं सोचने लगा। फिसल-फिसल जाने और अटक-अटक जाने में वाक़ई बहुत बड़ा सॉयकलौजिकल फ़र्क़ है। मेरा ख़्याल है कि आप इसे ख़ुद समझ सकते हैं। अगर नहीं समझ सकते तो इस बखेड़े में न पड़िए।

शकील साहब की गुफ़्तगू के अन्दाज़ से यूं मालूम होता था कि वो माया को क़रीब-क़रीब भूल चुके हैं। मगर फिर भी उसकी याद ताज़ा रखना चाहते हैं। मैंने उन से कहा। "शकील साहब... दो वर्ष तक आपका और माया का सिलसिला रहा..."

शकील ने मेरी बात काट कर कहा।" जी हां... दो वर्ष तक... मैंने अपनी बीवी को छोड़ दिया... अपने बच्चों से मुंह मोड़ लिया और माया को सीने से लगा लिया... लेकिन दो वर्ष के बाद मुझे मालूम हुआ कि वो बेवफ़ा है... धोखेबाज़ है।"

मैंने पूछा। "ये आपने कैसे जाना?"

शकील ने गुस्से में कहा। "जनाब! मेरे पड़ोसी शेख़ इस्माईल गॉवर्नमेंट कन्ट्रेक्टर से अपना नया सिलसिला क़ायम कर रही थी। मुझे और किसी बात का गुस्सा। नहीं था मन्टो साहब, लेकिन वो साला पच्चास वर्ष का बूढ़ा था। सात जवान लड़कियों का बाप। दो बीवियों का शौहर... लेकिन हैरत इस साली पर भी है कि उसे क्या सूझी।"

शकील ने ये कह कर सिगरेट सुलगाने की कोशिश की। मगर उससे सुलग न सका, इसलिए कि उसके हाथ बड़ी बुरी तरह कांप रहे थे। मैंने उसके हाथ से सिगरेट लिया और सुलगा कर उसको दिया। "वो चली गई।"

"जी हां मैंने उसे धक्के मार कर बाहर निकाल दिया। शकील ने ज़ोर का एक कश लिया और कांपती हुई उंगलियों से पेंसिल पकड़ कर एक नई नज़्म लिखने के लिए तैयार होने लगा जो ग़ालिबन माया की याद के बारे में होने वाली थी।

"जी हां चली गई... पर अपना मोचना छोड़ गई।"

मैंने पूछा। "उसने इसकी वापसी का मुतालबा किया।"

शकील ने एक कश और लिया। "एक बार नहीं, सैंकड़ों बार... लेकिन मैंने उसे वापस नहीं किया... इसलिए कि एक सिर्फ़ यही चीज़ है जो उसके और मेरे दरम्यान रह गई है। जब तक ये मोचना मेरे पास है, वो हमेशा मुझसे ख़तो-किताबत करती रहेगी।"

औलाद

जब ज़ुबैदा की शादी हुई तो उसकी उम्र पच्चीस वर्ष की थी। उसके मां-बाप तो ये चाहते थे कि सतरह वर्ष की होते ही उसका ब्याह हो जाए मगर कोई मुनासिब रिश्ता मिलता नहीं था। अगर किसी जगह बात तय होने पाती तो कोई ऐसी मुश्किल पैदा हो जाती कि रिश्ता फ़ाइनल न हो पाता।

आख़िर जब ज़ुबैदा पच्चीस वर्ष की हो गई तो उसके बाप ने एक रंडवे का रिश्ता क़बूल कर लिया उसकी उम्र पैंतीस वर्ष के क़रीब-क़रीब थी या शायद इस से ज़्यादा हो। उसके पास रोज़गार था। मार्केट में कपड़े की थोक दुकान थी। हर माह पांच-छः सौ रूपये कमा लेता था।

ज़ुबैदा बड़ी फ़रमा-बरदार लड़की थी। उसने अपने मां-बाप का फ़ैसला मंज़ूर कर लिया। चुनांचि शादी हो गई और वो अपने ससुराल चली गई।

उसका शौहर जिसका नाम अलीमुद्दीन था बहुत शरीफ़ और मुहब्बत करने वाला साबित हुआ। ज़ुबैदा की हर बात का ख़्याल रखता। कपड़े की कोई कमी न थी। हालांकि दूसरे लोग इसके लिए तरसते थे। चालीस हज़ार और थ्रीबी का लट्ठा शनून और दो घोड़े की बोस्की के थानों के थान ज़ुबैदा के पास मौजूद थे।

वो अपने मैके हर हफ़्ते जाती... एक दिन वो गई तो उसने ड्यूढ़ी में क़दम रखते ही रोने की आवाज़ सुनी। अन्दर गई तो उसे मालूम हुआ कि उसके बाप का अचानक दिल की हरकत बंद हो जाने की वजह से मर गया है।

अब ज़ुबैदा की मां अकेली रह गई थी। घर में सिवाए एक नौकर के और कोई भी नहीं था। उसने अपने शौहर से दरख़्वास्त की कि वो उसे

इजाज़त दे कि वो अपनी बेवा मां को अपने पास बुला ले।

अलीमुद्दीन ने कहा। "इजाज़त लेने की क्या ज़रूरत थी... ये तुम्हारा घर है और तुम्हारी मां मेरी मां... जाओ उन्हें ले आओ... जो सामान वग़ैरह होगा उसको यहां लाने का बंदोबस्त मैं अभी किए देता हूं।"

ज़ुबैदा बहुत ख़ुश हुई। घर काफ़ी बड़ा था। दो-तीन कमरे ख़ाली पड़े थे। वो तांगे में गई अपनी मां को साथ ले आई। अलीमुद्दीन ने सामन उठवाने का बंदोबस्त कर दिया था, चुनांचि वो भी पहुंच गया। ज़ुबैदा की मां के लिए कुछ सोच-विचार के एक कमरा तय कर दिया गया।

वो बहुत शुक्रगुज़ार थी। अपने दामाद से बहुत प्रभावित थी। उसके जी में कई बार ये ख़्वाहिश पैदा हुई कि वो अपना सारा ज़ेवर जो कई हज़ार की मालियत का था उसको दे दे कि वो अपने कारोबार में लगाए और ज़्यादा कमाए मगर वो मिज़ाज से कंजूस थी।

एक दिन उसने अपनी बेटी से कहा। "मुझे यहां आए दस महीने हो गए हैं... मैंने अपनी जेब से एक पैसा भी ख़र्च नहीं किया... हालांकि तुम्हारे मरहूम बाप के छोड़े हुए दस हज़ार रूपये मेरे पास मौजूद हैं... और ज़ेवर अलग।"

ज़ुबैदा अंगीठी की आग पर फुलका सेंक रही थी। "माँ तुम भी कैसी बातें करती हो?"

"कैसी-वैसी नहीं जानती... मैंने ये सब रूपये अलीमुद्दीन को दे दिए होते, मगर मैं चाहती हूं कि तुम्हारे कोई बच्चा पैदा हो... तो ये सारा रूपया उसको तोहफ़े के तौर पर दूं..."

ज़ुबैदा की माँ को इस बात का बड़ा ख़्याल था कि अभी बच्चा पैदा क्यों नहीं हुआ... शादी हुए क़रीब-क़रीब दो वर्ष हो चुके थे। मगर बच्चे की पैदाईश की उम्मीद भी नज़र नहीं आ रही थी।

वो उसे कई हकीमों के पास ले गई। कई माजूनें, कई सफ़ूफ़, कई क़ुर्स उसको खिलवाए मगर ख़ातिर-ख़्वाह नतीजा बरामद न हुआ।"

आख़िर उसने पीरों-फ़क़ीरों से मश्वरे किए। टोने-टोटके इस्तेमाल किए गए, तावीज़-धागे भी। मगर मुराद पूरी न हुई। ज़ुबैदा इस दौरान तंग आ गई। एक दिन चुनांचि उसने उकता कर अपनी मां से कह ही दिया। "छोड़ो इस क़िस्से को। बच्चा नहीं होता तो न हो..."

उसकी बूढ़ी मां ने मुंह बिसोर कर कहा। "बेटा... ये बहुत बड़ा क़िस्सा है। तुम्हारी अक़्ल को मालूम नहीं क्या हो गया है... तुम इतना भी

नहीं समझती हो कि औलाद का होना कितना ज़रूरी है... इसी से तो इंसान की ज़िन्दगी का बाग़ सदा हरा-भरा रहता है।"

ज़ुबैदा ने फुलका चंगेर में रखा। "मैं क्या करूं... बच्चा पैदा नहीं होता तो इसमें मेरा क्या क़सूर है?"

बुढ़िया ने कहा। "क़सूर किसी का भी नहीं बेटी। बस सिर्फ़ एक अल्लाह की मेहरबानी चाहिए।"

ज़ुबैदा अल्लाह मियां से हज़ारों बार दुआएं मांग चुकी थी कि वो अपने फ़ज़्लो-करम से उसकी गोद हरी करे, मगर उसकी इन दुआओं से कुछ भी नहीं हुआ था।

जब उसकी मां ने हर रोज़ उससे बच्चे की पैदाईश के बारे में बातें करना शुरू कीं तो उसको ऐसा महसूस होने लगा कि वो बंजर ज़मीन है, जिसमें कोई पौदा उग ही नहीं सकता।

रातों को वो अजीब-अजीब-से ख़्वाब देखती, बड़े ऊट-पटांग क़िस्म के। कभी ये देखती कि वो बड़े रेगिस्तान में खड़ी है। उसकी गोद में गुल-गूतना-सा बच्चा है जिसे वो हवा में इतने ज़ोर से उछालती है कि वो आसमान तक पहुंच कर ग़ायब हो जाता है। कभी ये देखती कि वो ऐसे बिस्तर में लेटी है जो नन्हें-मुन्ने बच्चों के ज़िन्दा और हरकत करने वाले गोश्त से बना है।

ऐसे ख़्वाब देख-देख कर उसका दिलो-दिमाग़ परेशान हो गया... बैठे-बैठे उसके कानों में बच्चों के रोने की आवाज़ आने लगती। और वो अपनी मां से कहती। "ये किसका बच्च रो रहा है।"

उसकी मां ने अपने कानों पर ज़ोर देकर ये आवाज़ सुनने की कोशिश की, जब कुछ सुनाई न दिया तो उसने कहा। "कोई बच्चा रो नहीं रहा..."

"नहीं मां... रो रहा है... बल्कि रो-रो के हलकान हुए जा रहा है।" उसकी मां ने कहा। "या तो मैं बहरी हो गई हूं, या तुम्हारे कान बजने लगे हैं।" ज़ुबैदा ख़ामोश हो गई, लेकिन उसके कानों में देर तक किसी छोटे बच्चे के रोने और बिलकने की आवाज़ें आती रहीं। और इसको कई बार ये भी महसूस हुआ कि उसकी छातियों में दूध उतर रहा है। इसका ज़िक्र उसने अपनी मां से किया। लेकिन जब वो अन्दर अपने कमरे में थोड़ी देर आराम करने के लिए गई तो उसने क़मीज़ उठा कर देखा कि उसकी छातियां उभरी हुई थीं।

बच्चे के रोने की आवाज़ उसके कानों में अक्सर टपकती रही...

लेकिन अब वो समझ गई थी कि ये सब उसका वहम था। हक़ीक़त सिर्फ़ ये है कि उसके दिलो-दिमाग़ पर मुसलसल हथौड़े पड़ते रहे हैं कि उसके बच्चा क्यों नहीं होता और वो ख़ुद भी बड़ी शिद्दत से ख़ला महसूस करती है, जो किसी ब्याही औरत की ज़िन्दगी में नहीं होना चाहिए।

अब वो बहुत उदास रहने लगी। मुहल्ले में बच्चे शोर मचाते तो उसके कान फटने लगते। उसका जी चाहता कि बाहर निकल कर उन सबका गला घोंट डाले। उसके शौहर अलीमुद्दीन को औलाद-वौलाद की कोई फ़िक्र नहीं थी। वो अपने व्यापार में मगन था। कपड़े के भाव रोज़-रोज़ चढ़ रहे थे। आदमी चूंकि हुशियार था, इसलिए उसने काफ़ी कपड़ा जमा कर रखा था। अब उसकी माहाना आमदनी पहले से दोगुनी होई थी।

मगर इस आमदनी की ज़्यादती से ज़ुबैदा को कोई ख़ुशी हासिल नहीं हुई थी। जब उसका शौहर नोटों की गड्डी उसको देता तो वो उसे अपनी झोली में डालकर देर तर उसे लोरी देती रहती। फिर वो उसे उठा कर किसी ख़्याली झूलने में बिठा देती।

एक दिन अलीमुद्दीन ने देखा के वो नोट जो उसने अपनी बीवी को लाकर दिए थे दूध की पतीली में पड़े हैं। वो बहुत हैरान हुआ कि ये कैसे यहां पहुंच गए। चुनांचि उसने ज़ुबैदा से पूछा। "ये नोट दूध की पतीली में किसने डाले?"

ज़ुबैदा ने जवाब दिया। "बच्चे बड़े बद्माश हैं, ये हरकत उन्हीं की होगी।"

अलीमुद्दीन को हैरत हुई। "लेकिन यहां बच्चे कहां हैं?"

ज़ुबैदा अपने शौहर से कहीं ज़्यादा हैरतज़दा थी। "क्या हमारे यहां बच्चे नहीं... आप भी कैसी बातें करते हैं... अभी स्कूल से वापस आते होंगे. .. उनसे पूछूंगी कि ये हकत किसने की थी।"

अलीमुद्दीन समझ गया कि उसकी बीवी के दिमाग़ का तवाज़ुन क़ायम नहीं। लेकिन उसने अपनी सास से इसका ज़िक्र न किया कि वो बहुत कमज़ोर औरत थी।

वो दिल ही दिल में ज़ुबैदा की दिमाग़ी-हालत पर अफ़सोस करता रहा। मगर इसका इलाज उसके बस में नहीं था। उसने अपने को दोस्तों से मश्वेरा किया। मगर उसके ख़्याल ही से उसे डर लगता था।

उसने दुकान पर जाना छोड़ दिया। सारा समय घर रहता और ज़ुबैदा की देखभाल करता कि वो किसी दिन कोई ख़तरनाक हरकत न कर बैठे।

उसके घर पर हर वक़्त मौजूद रहने से ज़ुबैदा की हालत कुछ हद तक

अच्छी हो गई, लेकिन उसको इस बात की बहुत फ़िक्र थी कि दुकान का कारोबार कौन चला रहा है। कहीं वो आदमी जिसको ये काम सुपुर्द किया गया है ग़बन तो नहीं कर रहा।

उसने चुनांचि कई बार अपने शौहर से कहा। "दुकान पर तुम क्यों नहीं जाते?"

अलीमुद्दीन ने उससे बड़े प्यार के साथ कहा। "जानम... मैं काम कर के थक गया हूं। अब थोड़ी देर आराम करना चाहता हूं।"

"मगर दुकान किस के हवाले है?"

"मैरा नौकर है।... वो सब काम करता है।"

"क्सया ईमानदार है?"

"हां... हां... बहुत ईमानदार है... दमड़ी-दमड़ी का हिसाब देता है। तुम क्यों फ़िक्र करती हो?"

ज़ुबैदा ने बहुत फ़िक्र में होकर कहा। "मुझे क्यों फ़िक्र न होगी। बाल-बच्चेदार हूं। मुझे अपना तो कुछ ख़्याल नहीं, लेकिन उनका तो है। ये आपका नौकर अगर आपका रूपया मार गया तो ये समझिए कि बच्चों..."

अलीमुद्दीन की आंखों में आंसू आ गए। "ज़ुबैदा उनका अल्लाह मालिक है। वैसे मेरा नौकर बहुत वफ़ादार है और ईमानदार है। तुम्हें कोई ऐतराज़ नहीं करना चाहिए।"

"मुझे तो किसी क़िस्म का ऐतराज़ नहीं है। लेकिन कभी-कभी मां को अपनी औलाद के बारे में सोचना ही पड़ता है।"

अलीमुद्दीन बहुत परेशान था कि क्या करे। ज़ुबैदा सारा दिन अपने ख़्याली बच्चों के कपड़े सीती रहती। उनकी जुर्राबें धोती, उनके लिए ऊनी स्वीटर बुनती। कई बार उसने अपने शौहर से कहकर मुख़्तलिफ़ साइज़ की छोटी-छोटी सैण्डलें मंगवाईं, जिनको वो हर सुबह पॉलिश करती थी।

अलीमुद्दीन ने सब कुछ देखता और उसका दिल रोने लगा। और वो सोचता कि शायद उसके गुनाहों की सज़ा उसको मिल रही है। ये गुनाह क्या थे, उसका इल्म, अलीमुद्दीन को नहीं था। एक दिन उसका एक दोस्त उससे मिला जो बहुत परेशान था। अलीमुद्दीन ने इस परेशानी की वजह दरयाफ़्त की तो उसने बताया कि उसका एक लड़की से इश्क़ हो गया था। अब वो हामला हो गई है। एबार्शन के तमाम तरीक़े इस्तेमाल किए गए हैं, मगर कामयाबी नहीं हुई। अलीमुद्दीन ने उससे कहा। "देखो एबार्शन-वबार्शन की कोशिश न करो। बच्चा पैदा होने दो।"

उसके दोस्त ने जिसे होने वाले बच्चे से कोई दिलचस्पी नहीं थी, कहा। "मैं बच्चे का क्या करूंगा?"

"तुम मुझे दे देना।"

बच्चा पैदा होने में कुछ देर थी। इस दौरान में अलीमुद्दीन ने अपनी बीवी ज़ुबैदा को यक़ीन दिलाया कि वो हामला है और एक माह के बाद उसके बच्चा पैदा हो जाएगा।

ज़ुबैदा बार-बार कहती। "मुझे अब ज़्यादा औलाद नहीं चाहिए। पहले ही क्या कम है।" अलीमुद्दीन ख़ामोश रहता।

उसके दोस्त की दाश्ता के लड़का पैदा हुआ। जो अलीमुद्दीन ने ज़ुबैदा के पास जो कि सो रही थी, लिटा दिया। और उसे जगा कर कहा। "ज़ुबैदा कब तक बेहोश पड़ी रहोगी। ये देखो तुम्हारे पहलू में क्या है?"

ज़ुबैदा ने करवट बदली और देखा कि उसके साथ नन्हां-मुन्ना बच्चा हाथ-पांव मार रहा है। अलीमुद्दीन ने इससे कहा। "लड़का है। अब ख़ुदा के फ़ज़्लो-करम से हमारे पांच बच्चे हो गए हैं।"

ज़ुबैदा बहुत ख़ुश हुई। "ये लड़का कब पैदा हुआ?"

"सुबह सात बजे।"

"और मुझे इसका इल्म ही नहीं। मेरा ख़्याल है, दर्द की वजह से मैं बेहोश हो गई होंगी।"

अलीमुद्दीन ने कहा। "हां कुछ ऐसी ही बात थी। लेकिन अल्लह के फ़ज़्लो-करम से सब ठीक हो गया था।"

दूसरे रोज़ जब अलीमुद्दीन अपनी बीवी को देखने गया तो उसने देखा कि व़ो लहूलहान है। उसके हाथ में उसका कट-थ्रोट अस्तुरा है। और वो अपनी छातियां काट रही है। अलीमुद्दीन ने उसके हाथ से अस्तुरा छीन लिया। "ये क्या कर रही हो तुम।"

ज़ुबैदा ने अपने पहलू में लेटे हुए बच्चे की तरफ़ देखा और कहा। "सारी रात बिलकता रहा है। लेकिन मेरी छातियों दूध में न उतरा। लानत है ऐसी..."

इससे आगे, वो और कुछ न कह कसी। ख़ून से लुथड़ी हुई एक उंगली उसने बच्चे के मुंह के साथ लगा दी और हमेशा की नींद सो गई।

बिसमिल्लाह

फ़िल्म बनाने के सिलसिले में ज़हीर से सईद की मुलाक़ात हुई सईद बहुत प्रभावित हुआ। बम्बई मे उसने ज़हीर को सेंट्रल स्टूडियोज़ में एक दो बार देखा था और कुछ बातें भी की थीं मगर तफ़सीली मुलाक़ात पहली बार लाहौर में हुई।

लाहौर में यूं तो बेशुमार कम्पनियां थीं मगर सईद को इस तल्ख़ हक़ीक़त का इल्म था कि उनमें से अक्सर का वजूद सिर्फ़ उनके नाम के बोर्डों तक ही सीमित है। ज़हीर ने जब उसको अकरम की मआरिफ़त बुलवाती उसको सौ फ़ीसदी यक़ीन था कि ज़हीर भी दूसरे फ़िल्म प्रोड्यूसरों की तरह खोखला है जो लाखों की बातें करते हैं। आफ़िस क़ायम करते हैं। किराये में फर्नीचर लाते हैं और आख़िर में आस-पास के होटलों के बिल भर कर भाग जाते हैं।

ज़हीर ने बड़ी सादगी से सईद को बताया कि वह कम से कम सरमाये से फ़िल्म बनाना चाहता है। बम्बई में वह असिस्टेंट फ़िल्म बनाने वाले डायरेक्टर का असिस्टेंट था। पांच वर्ष तक उस उसके मातेहत काम करता रहा। उसको खुद फ़िल्म बनाने का मौक़ा मिलने ही वाला था कि हिन्दुस्तान तक़सीम हो गया और उसे पाकिस्तान आना पड़ा। यहां तक़रीबन ढ़ाई साल बेकार रहा मगर इस दौरान में उसने चन्द आदमी ऐसे तैयार कर लिये जो रूपया लगाने के लिए तैयार थे। उसने सईद से कहा, ''देखिये जनाब मैं कोई फ़र्स्ट क्लास फ़िल्म बनाना नहीं चाहता, कम इल्म आदमी हूं, असिस्टेंट फ़िल्म बना सकता हूं और इंशाअल्लाह असिस्टेंट फ़िल्म बनाऊंगा, पचास हज़ार रूपये के अन्दर-अन्दर सौ फ़ीसदी नफ़ा तो यक़ीनी है--

आपका क्या ख़्याल है।''

सईद ने कुछ देर सोच कर जवाब दिया, ''हां इतना नफ़ा तो होना चाहिए।''

ज़हीर ने कहा ''जो आदमी रूपया लगाने के लिए तैयार हैं मैं नेउनसे कह दिया है कि हिसाब-किताब से मेरा कोई वास्ता नहीं होगा, ये आपका काम है-- बाक़ी सब चीज़ें मैं संभाल लूंगा।''

सईद ने पूछा ''मुझ से आप क्या ख़िदमत चाहते हैं?''

ज़हीर ने बड़ी सादगी से कहा। ''पाकिस्तान के तक़रीबन तमाम डिस्ट्रीव्यूटस आपको जानते हैं। मेरी यहां उन लोगों से वाक़फियत नहीं, बड़ी नवाज़िश होगी अगर आप मेरे फ़िल्म की डिस्ट्यूब्यूशन का बन्दोबस्त कर दें।''

सईद ने कहा: ''आप फ़िल्म तैयार कर लें, इन्शाअल्लाह हो जाएगा।''

''आपकी बड़ी मेहरबानी है। ''ये कह कर ज़हीर ने मेज़ पर पड़े हुए पैड पर पेंसिल से एक फूल सा बनाया, ''सईद साहब मुझे सौ फीसदी यक़ीन है कि मैं कामयाब रहूंगा। हीरोइन मेरी बीवी होगी। सईद ने पूछा, ''आपकी बीवी?''

''जी हां।''

''पहले किसी फ़िल्म में काम कर चुकी है?''

''जी नहीं ज़हीर ने पैड पर फूल के साथ शाख़ बनाते हुए कहा। ''मैं ने शादी यहां लाहौर में आकर की है-- मेरा इरादा तो नहीं था इसे फ़िल्म लाइन में लाऊं। मगर उसको शौक़ है-- बहुत शौक़ है, हर रोज़ एक फ़िल्म देखती है-- मैं आपको उसका फोटो दिखाता हूं।'' ज़हीर ने मेज़ का दराज़ खोल कर एक लिफ़ाफ़ा निकाला और उसमें से अपनी बीवी का फ़ोटो सरका कर सईद की तरफ़ बढ़ा दिया। सईद ने फ़ोटो देखा, मामूली ख़दो-ख़ाल की जवान औरत थी। तंग माथा बारीक नाक, मोटे-मोटे होंट, आखें बड़ी और उदास।

ये आंखों ही थीं जो उसके चेहरे के दूसरे खतूत के मुक़ाबले में सबसे नुमायां थी। सईद ने ग़ौर से उनको देखना चाहा मगर मायूब समझा और फोटो मेज़ पर रख दिया। ज़हीर ने पूछा, ''क्या ख़्याल है आपका?''

सईद के पास इस सवाल का जवाब तैयार नहीं था, उसके दिलो-दिमाग़ पर दरअसल दो आखें छाई हुई थीं। बड़ी-बड़ी उदास आंखें। ग़ैर इरादी तौर पर उसने मेज़ पर से फोटो उठाया और एक नज़र देख कर फिर वहीं रख दिया और कहा, ''आप ज़्यादा बेहतर जानते हैं।''

ज़हीर ने पैड पर एक और फूल बनाना शुरू किया। ''ये फ़ोटो अच्छी नहीं-- ज़रा-सी हिली हुई है।''

इतने में पिछले दरवाज़े का पर्दा हिला और ज़हीर की बीवी दाख़िल हुई-- वही बड़ी-बड़ी उदास आंखें-- ज़हीर उसकी तरफ़ देख कर मुस्कुराया। अजीबो-ग़रीब नाम है उसका-- ''बिसमिल्लाह!'' फिर सईद की तरफ़ इशारा किया। ''ये मेरे दोस्त सईद साहब हैं'' बिसमिल्लाह ने कहा। ''आदाब अर्ज़ है।''

सईद ने उसका जवाब उठकर दिया ''तशरीफ़ रखिये।''

बिसमिल्लाह दो पट्टा ठीक करती सईद के पास वाली कुर्सी पर बैठ गई। हल्के प्याज़ी रंग के कलफ लगे मलमल के महीन दो पट्टे के पीछे उसके सीने का उभार चुगलियां खा रहा था, सईद ने अपनी निगाहें दूसरी तरफ़ फेर लीं।

ज़हीर ने फ़ोटो वापिस लिफ़ाफ़े में रखा और सईद से कहा ''मुझे सौ फ़ीसदी यक़ीन है कि बिसमिल्लाह पहली ही फ़िल्म में कामयाब साबित होगी लेकिन समझ में नहीं आता उसका फ़िल्मी नाम क्या रखूं। बिसमिल्लाह ठीक मालूम नहीं होता। क्या ख़्याल है आपका?

सईद ने बिसमिल्लाह की तरफ़ देखा। उसकी बड़ी-बड़ी उदास आंखों में वह ज़रा-सी देर के लिए जैसे डूब-सा गया। फौरन ही निगाह उस तरफ़ से हटा कर उसने ज़हीर से कहा, ''जी हां-- बिसमिल्लाह ठीक नहीं है, कोई और नाम होना चाहिए।''

थोड़ी देर तक इधर-उधर की बातें होती रहीं, बिसमिल्लाह ख़ामोश थी। उसकी बड़ी-बड़ी उदास आंखें भी ख़ामोश थीं। सईद ने इस दौरान उसकी आंखों के अन्दर कई बार डुबकियां लगाईं। ज़हीर और वह दोनों बातें करते रहे, बिसमिल्लाह ख़ामोश बैठी अपनी बड़ी-बड़ी उदास आंखों पर छाई हुई सियाह पलकें झपकाईं। उसके हल्के प्याज़ी रंग की कलफ लगे मलमल के दुपट्टे के पीछे उसके सीने का उभार बराबर चुगलियां खाता रहा। सईद देखता एक धक्के के साथ उसकी नज़रें दूसरी तरफ़ पलट जातीं।

बिसमिल्लाह का रंग गहरा सांवला था। फ़ोटो में उस रंगत का पता नहीं चलता था। उस गहरे सांवले रंग पर उसकी बड़ी-बड़ी काली आंखें और भी ज़्यादा उदास हो गई थीं। सईद ने कई बार सोचा कि उसकी उदासी का कारण क्या है? उसकी साख़्त ही कुछ ऐसी है कि उदास दिखाई देती है। या कोई और वजह है, कोई माकूल बात सईद के ज़ेहन में न आई।

ज़हीर बम्बई की बातें शुरू करने वाला था कि बिसमिल्लाह उठी और चली गई, उसकी चाल में बेढंगापन था, जैसे उसने ऊंची ऐड़ी के चप्पल नए-नए इस्तेमाल करने शुरू किये हैं। गरारे की निशस्त भी ठीक नहीं थी। सिलवटों का गिराव भद्दा था इसके अलावा सईद ने ये भी महसूस किया कि अदब-आदाब से बिसमिल्लाह महज़ कोरी है-- लेकिन उसके गहरे सांवले चेहरे पर दो बड़ी-बड़ी सियाह आंखें उदास होने के बावजूद किस क़दर जज़्बात अंगेज़ थीं। चन्द ही दिनों में ज़हीर से सईद के सम्बंध बहुत गहरे हो गए। ज़हीर बेहद सादा दिल था। उस ख़ास चीज़ से सईद बहुत प्रभावित हुआ था उसकी किसी भी बात में बनावट नहीं होती थी। ख़्याल जिस शक्ल में पैदा हो गया था सादा शब्द में तब्दील होकर उसकी ज़ुबान पर आ जाता था। खाने-पीने और रहने-सहने के मामले में भी वह सादगी पसन्द था।

जब भी सईद उसके यहां जाता ज़हीर उसकी ख़ातिर में लगा रहता। सईद ने उससे कई बार कह दिया कि तुम ये तकल्लुफ़ न किया करो। मगर वह न माना। वह अक्सर कहा करता , ‘‘इसमें क्या तकल्लुफ़ है। आपका अपना घर है।’’

सईद ने जब तक़रीबन हर रोज़ ज़हीर के यहां जाना शुरू किया तो उसने सोचा कि यह बहुत बुरी बात है। वह मेरी इतनी इज़्ज़त करता है, मुझे अपना दोस्त समझता है और मैं उससे सिर्फ इसलिए मिलता हूं कि मुझे उसकी बीवी से दिलचस्पी पैदा हो गई है, यह बहुत बुरी बात है।

उसके ज़मीर ने कई बार उसे टोका मगर वह बराबर ज़हीर के यहां जाता रहा, बिसमिल्लाह अक्सर आ जाती थी। शुरू-शुरू में वह ख़ामोश बैठी रहती फिर आहिस्ता-आहिस्ता उसने बातों में हिस्सा लेना शुरू कर दिया लेकिन गुफ़्तगू के लिहाज़ से वह कच्ची थी। सईद को दुख होता था कि वह अच्छी बातें करना क्यों नहीं जानती।

कई बार ऐसा हुआ कि ज़हीर घर से बाहर था। सईद ने आवाज़ दी वो बिसमिल्लाह बोली। ‘‘बाहर गए हुए हैं।’’ सुनकर सईद कुछ देर बाहर खड़ा रहा कि शायद वह उससे कहे कि अन्दर आ जाइये, अभी आते हैं। मगर ऐसा न हुआ।

ज़हीर के फ़िल्म का चक्कर चल रहा था। उसका ज़िक्र क़रीब-क़रीब हर रोज़ होता। ज़हीर कहता मुझे इतनी जल्दी नहीं है। हर एक चीज़ आराम से होगी और अपने वक़्त पर होगी।

सईद को ज़हीर की फ़िल्म से कोई दिलचस्पी नहीं थी। उसको अगर

दिलचस्पी थी तो बिसमिल्लाह से जिसकी बड़ी-बड़ी उदास आंखों में वह कई बार ग़ोते लगा चुका था। और उसकी ये दिलचस्पी दिन बदिन बढ़ रही थी जिसका एहसास उसके लिए बहुत तकलीफ़देह था क्योंकि ये खुली हुई बात थी कि वह अपने दोस्त ज़हीर की बीवी से जिस्मानी रिश्ता पैदा करना चाहता था।

दिन गुज़रते गए। ज़हीर के फ़िल्म का काम वहीं का वहीं था। सईद एक दिन उससे मिलने गया तो वह कहीं बाहर गया हुआ था। चलने ही वाला था कि बिसमिल्लाह ने कहा। "अन्दर आजाइये वह कहीं दूर नहीं गए।"

सईद का दिल धड़कने लगा। कुछ ठहर कर वह कमरे में दाख़िल हुआ और कुर्सी पर बैठ गया। बिसमिल्लाह मेज़ के पास खड़ी थी। सईद ने हिम्मत से काम लेकर उससे कहा, बैठिये।"

बिसमिल्लाह उसके सामने वाली कुर्सी पर बैठ गई। थोड़ी देर ख़ामोश रही, उसके बाद सईद ने उसकी आंखों की तरफ़ देख कर कहा। "ज़हीर आए नहीं अभी तक?"

बिसमिल्लाह ने मुख़्तसरन जवाब दिया "आ जाएंगे।"

थोड़ी देर फिर ख़ामोशी रही। उस दौरान में कई बार सईद ने बिसमिल्लाह की आंखों की तरफ़ देखा, उसके दिल में चाहत पैदा हुई कि उठ कर उनको चूमना शुरू कर दे, इस क़दर चूमे कि उसकी सारी उदासी घुल जाए मगर सईद ने इस चाहत पर काबू पाकर उससे कहा, "आपको फ़िल्म में काम करने का बहुत शौक़ है?" बिसमिल्लाह ने एक जम्हाई ली और जवाब दिया... "है तो सही।" सईद उपदेशक बन गया। "ये लाइन अच्छी नहीं, मेरा मतलब है बड़ी बदनाम है।" उसके बाद उसने फ़िल्म लाइन की तमाम बुराइयां बयान करना शुरू कर दीं। ज़हीर को ख़्याल आया तो उसने रुख़ बदल लिया, "आपको शौक़ है तो ख़ैर दूसरी बात है, कैरेक्टर मज़बूत हो तो आदमी किसी भी लाइन में साबित क़दम रह सकता है। फिर ज़हीर खुद अपना फिल्म बना रहा है लेकिन आप किसी दूसरे फ़िल्म में काम हर्गिज़ न कीजियेगा।"

बिसमिल्लाह ख़ामोश रही। सईद को उसकी ये ख़ामोशी बहुत बुरी मालूम हुई। पहली बार उसको तन्हाई में उससे मिलने का मौक़ा मिला था मगर वह बोलती ही नहीं थी। सईद ने एक दो बार डरते-डरते टोह लेने वाली निगाहों से उसे देखा मगर कोई रद्दे-अमल पैदा न हुआ। थोड़ी देर

ख़ामोश रहने बाद वह उससे मुख़ातिब हुआ "अच्छा तो पान ही खिलाइये।"

बिसमिलाह उठी। रेशमी कमीस के पीछे उसके सीने का नुमायां उभार हिला। सईद की निगाहों को धक्का-सा लगा। बिसमिल्लाह दूसरे कमरे में गई तो वह डर-डर के तीखी-तीखी बातें सोचने लगा।

थोड़ी देर के बाद वह पान लेकर आई और सईद के पास आकर खड़ी हो गई। "लीजिये।"

सईद ने शुक्रिया कह कर पान लिया तो उसकी उंगलियां बिसमिल्लाह की उंगलियों से छुईं, उसके सारे बदन में बिजली की लहर दौड़ गई। इसके साथ ही ज़मीर का कांटा उसके दिल में चुभा।

बिसमिल्लाह सामने कुर्सी पर बैठ गई। उसके गहरे सांवले चेहरे से सईद को कुछ पता न चलता था। सईद ने सोचा कोई और औरत होती तो फ़ौरन समझ जाती कि "मैं उसे किन आंखों से देख रहा हूं। लेकिन शायद समझ गई हो। शायद न भी समझी हो, कुछ समझने में नहीं आता।"

सईद का दिमाग बेहद विचलित था। एक तरफ़ बिसमिल्लाह का सताने वाला वजूद था, उसकी बड़ी-बड़ी उदास आंखें उसके सीने का नुमाया उभार। दूसरी तरफ़ ज़हीर का ख़्याल, उसके ज़मीर का कांटा। सईद अजीब उलझन में फंस गया था। बिसमिल्लाह की तरफ़ से कोई इशारा नहीं मिला था। इसका मतलब साफ़ था कि जो चीज़ सईद सोच रहा है सम्भव नहीं है। मगर वह फिर भी उसको उन्हीं निगाहों से देख रहा था।

थोड़ी देर ख़ामोश रहने के बाद वह उससे मुख़ातिब हुआ। "ज़हीर नहीं आए, मेरा ख़्याल है, मैं चलता हूं।"

बिसमिल्लाह ने ख़िलाफ़े तवक़्क़ो कहा। "नहीं, नहीं बैठिये।"

"आप तो कोई बात ही नहीं करतीं।" ये कह कर सईद उठा। बिसमिल्लाह ने पूछा, "चले?"

सईद ने उसकी तरफ़ टोह लेने वाली निगाहों से देखा, "जी नहीं, बैठता हूं-- आपको अगर कोई ऐतराज़ न हो।"

बिसमिल्लाह ने एक जम्हाई ली, "मुझे क्या ऐतराज होगा।" बिसमिल्लाह की आंखों में ख़ुमार-सा पैदा हो गया, सईद ने कहा शायद नींद आ रही है।"

"जी हां रात जागती रही।"

सईद ने ज़रा बेतकल्लुफ़ी से पूछा। "क्यों?"

बिसमिल्लाह ने एक और जम्हाई ली। "कहीं बाहर गए हुए थे।" सईद बैठ गया, थोड़ी देर के बाद बिसमिल्लाह सो गई। उसके सीने का

नुमायां उभार रेशमी क़मीस के पीछे सांज के उतार-चढ़ाव से होले-होले हिल रहा था। बड़ी-बड़ी उदास आंखें अब बन्द थीं। दांयां बाज़ू एक तरफ ढलक गया था। आस्तीन ऊपर को उठ गई थी। सईद ने देखा गहरे सांवले रंग की कलाई पर हिन्दी के हरूफ़ खुदे हुए थे। इतने में ज़हीर आ गया।

सईद उसकी आमद पर सटपटा-सा गया। ज़हीर ने उससे हाथ मिलाया। अपनी बीवी बिसमिल्लाह की तरफ़ देखा "अरे सो रही है।"

सईद ने कहा "मैं जा रहा था। कहने लगीं ज़हीर साहब अभी आ जाएंगे। आप बैठिये। मैं बैठा तो आप सो गईं।"

ज़हीर हंसा--सईद भी हंसे लगा।"

"भई वाह उठो, उठो, ज़हीर ने बिसमिल्लाह के सर पर हाथ फेरा। बिसमिल्लाह ने एक लम्बी आह भरी और अपनी बड़ी-बड़ी उदास आंखें खोल दीं। उदासी के साथ अब उन में विरानी भी थी। "चलो, चलो, उठो एक ज़रूरी काम पर जाना है।" बिसमिल्लाह सो कर ज़हीर सईद से मुख़ातिब हुआ "माफ़ कीजियेगा सईद साहब!, मैं एक काम से जा रहा हूं, इनशाअल्लाह कल मुलाक़ात होगी।"

सईद चला गया दूसरे दिन उसने ज़हीर के यहां जाने से पहले ये दुआ मांगी कि वह घर पर न हो। वहां पहुंचा तो बाहर कई आदमी जमा थे। सईद को उनसे मालूम हुआ कि बिसमिल्लाह ज़हीर की बीवी नहीं थी। वह एक हिन्दु लड़की थी जो फ़िसाद में यहां रह गई थी। ज़हीर उससे पेशा कराता था। पुलिस अभी-अभी उसे बरामद करके ले गई है।

दो बड़ी-बड़ी सियाह आंखें अब भी सईद का पीछा करती रहती हैं।

हज्जे-अकबर

इम्तियाज़ और सग़ीर की शादी हुई तो शहर भर में धूम मच गई। आतिश-बाज़ियों का रिवाज बाक़ी नहीं रहा था। मगर दूल्हा के बाप ने इस पुरानी अय्याशी पर बेइन्तिहा पैसा खर्च किया।

जब सग़ीर ज़ेवरों से लदे-फंदे झक-सफ़ेद घोड़े पर सवार था तो उसके चारों तरफ़ अनार छूट रहे थे। महताबियां अपने रंग-बिरंगे शोले बिखेर रही थीं। पटाखे छू रहे थे। सग़ीर खुश था, बहुत खुश कि उसकी शादी इम्तियाज़ से तय पा गई थी, जिससे उसको बे-पनाह मुहब्बत थी।

सग़ीर ने इम्तियाज़ को एक शादी के प्रोग्राम में देखा था। उसकी सिर्फ़ एक झलक उसे दिखाई दी थी। मगर वो उस पर जान से क़ुर्बान हो गया। और उसने दिल में ये ठान लिया कि वो इसके अलावा और किसी को अपनी बीवी नहीं बनाएगा, चाहे दुनिया इधर की उधर हो जाए।

दुनिया इधर की उधर न हुई। सग़ीर ने इम्तियाज़ से मिलने के रास्ते ढूंढ लिए। शुरू-शुरू में उस ख़ूबसूरत लड़की के पर्दा आड़े आया। लेकिन बाद में सग़ीर को उसकी मुहब्बत हासिल हो गई।

सग़ीर बहुत साफ़ दिल का नौजवान था। उसमें दिखावा नाम को भी नहीं था। उसको इम्तियाज़ से मुहब्बत हो गई तो उसने ये समझा कि उसे अपनी ज़िन्दगी का असल मक़सद हासिल हो गया है। उसको इस बात की कोई फ़िक्र नहीं थी कि इम्तियाज़ उसे क़बूल करेगी या नहीं। वो इस क़िस्म का आदमी था कि अपनी मुहब्बत के जज़्बे ही के सहारे सारी ज़िन्दगी काट लेता।

उसको जब पहली बार बात करने का मौक़ा मिला तो उसने बात-चीत की शुरूआत की। "देखो ताज़ी, मैं एक अंजान आदमी हूं। मैंने तुम्हें मजबूर

किया कि तुम मुझसे मिलो... अब इस मिलाप का अंजाम अच्छा होना चाहिए। मैं तुमसे शादी करना चाहता हूं। और ख़ुदा की क़सम खाकर कहता हूं कि तुम्हारे इलावा और कोई औरत मेरी ज़िन्दगी में नहीं आएगी। ये मेरे ज़मीर और दिल की इकट्ठी आवाज़ है... तुम भी वादा करो कि जब तक मैं ज़िन्दा हूं मुझे कोई दुख नहीं पहुंचाओगी और मेरी मौत के बाद मुझे याद करती रहोगी। इसलिए कि क़ब्र में मेरी सूखी हड्डियां तुम्हारे प्यार की भूखी होंगी।''

इम्तियाज़ ने धड़कते हुए दिल से वादा किया कि वो इस वादे पर क़ायम रहेगी। इसके बाद उन दोनों में छिप-छिप के मुलाक़ातें होती रहीं। सग़ीर उसको निकाह से पहले हाथ लगाना बहुत बड़ा गुनाह समझता था। उन मुलाक़ातों में उनका विषय इश्क़ो-मुहब्बत नहीं होता था। सग़ीर संतुष्ठ था कि इम्तियाज़ उसकी मुहब्बत की दावत क़बूल कर चुकी है इस पर अब और बात-चीत करने की क्या ज़रूरत थी। वैसे वो अपनी महबूबा से मिलना इसलिए ज़रूरी समझता था कि वो उसकी आदतों को जान जाए और वो भी उसको अच्छी तरह जान-पहचान ले ताकि उसको शिकायत का मौक़ा न दे।

उसने एक दिन इम्तियाज़ से बड़े अजीब अंदाज़ में कहा। '' ताज़ी मैं अब भी तुमसे कहता हूं कि अगर तुमने मुझमें कोई ख़ामी देखी है, अगर मैं तुम्हारे स्टेंडर्ड पर पूरा नहीं उतरा तो मुझसे साफ़-साफ़ कह दो। तुम किसी बंधन में गिरफ़्तार नहीं हो... तुम मुझे धुत्कार दो तो मुझे कोई शिकायत नहीं होगी। मेरी मुहब्बत मेरे लिए काफ़ी है। मैं उसके और इन मुलाक़ातों के सहारे काफ़ी देर तक जी सकता हूं।''

इम्तियाज़ इससे काफ़ी प्रभावित हुई। उसका जी चाहा कि सग़ीर को अपने गले से लगाकर रोना शुरू कर दे, मगर ये उसे अच्छा नहीं लगता। इसलिए उसने अपने इस इरादे को दिल में ही रोक लिया।

वो चाहती थी कि सग़ीर उससे दार्शनिक बातें ही न किया करे। कभी-कभी उससे वैसे भी मिले-जुले, बातें करे जैसे फ़िल्मों में हीरो, अपनी हिरोईन से करते हैं। मगर सग़ीर को ऐसी बातों से नफ़रत थी।

ख़ैर! उनकी शादी हो गई।

पहली रात को जब सग़ीर कमरे में प्रवेश किया तो इम्तियाज़ छींक रही थी वो बहुत चिन्तित हुआ। इम्तियाज़ को ज़ुकाम हो रहा था। लेकिन वो नहीं चाहती थी कि उसका शौहर ज़ुकाम की इतनी चिन्ता करे कि उसकी तमाम उमंगों का ख़्याल ही न रहे। वो सिर से पैर तक अपने-आपको अपने शौहर

के हवाले करना चाहती थी। मगर सग़ीर को ये फ़िक्र थी कि इम्तियाज़, उसकी जान से प्यारी इम्तियाज़ बीमार है। चुनांचि उसने फ़ौरन डॉक्टर बुलवाया। जो दवाएं उसने लिखीं वो बाज़ार से ख़रीद कर लाया और अपनी नई-नवेली दुल्हन को जिसको डॉक्टर के आने में कोई दिलचस्पी नहीं थी। अपने शौहर की तीमारदारी से मजबूर हो कर उसने इंजेक्शन लगवाए और चार-चार घंटे के बाद दवा पिये।

जुकाम कुछ ज़्यादा था, इसलिए चार दिन और चार रातें सग़ीर अपनी दुल्हन की तीमारदारी में लगा रहा। इम्तियाज़ चिढ़ गई। वो जाने क्या सोच कर दूल्हन के जोड़े पहने सग़ीर के घर आई थी। मगर वो बेकार उसके जुकाम को सही करने के पीछे पड़ा हुआ था। जैसे दूल्हा-दूल्हन के लिए एक ही चीज़ आवश्यक है बाक़ी और बातें अनावश्यक हैं।

तंग आकर एक दिन उसने अपने ज़रूरत से ज़्यादा शरीफ़ शौहर से कहा। "आप छोड़िए मेरे इलाज को... मैं अच्छी भली हूं। उसने आरज़ुओं भरी नज़र से अपने शौहर को देखा। "मैं दूल्हन हूं। आपके घर आई हूं, और आपने इसे अस्पताल बना दिया है।"

सग़ीर ने बड़े प्यार से अपनी दुल्हन का हाथ दबाया और मुस्कुरा कर कहा। "ताज़ी! ख़ुदा न करे ये अस्पताल हो। ये मेरा घर नहीं तुम्हारा घर है।"

इसके बाद इम्तियाज़ को जो शिकायत थी वो दूर हो गई। और वो मिल-जुल कर रहने लगे। सग़ीर उससे मुहब्बत करता था। लेकिन उसको हमेशा इम्तियाज़ की सेहत, उसके जिस्म की खूबसूरतियों और तरो-ताज़ा देखने का ख़्याल रहता। वो उसको कांच के नाज़ुक फूलदान की तरह समझता था जिसके बारे में हमेशा डर हो कि ज़रा-सी लापरवाही से टूट जाएगा।

इम्तियाज़ और सग़ीर का रिश्ता दोहरा था। दो भाई असग़र हुसैन और अमजद हुसैन थे। खाते-पीते व्यापारी। सग़ीर बड़े भाई असग़र हुसैन का लड़का था और इम्तियाज़ अमजद हुसैन की बेटी। अब ये दोनों मियां-बीवी थे। शादी से पहले दोनों भाइयों में कुछ मतभेद थे जो इसके बाद दूर हो गए थे।

इम्तियाज़ की दो बहनें और थीं जो उस पर जान छिड़कती थीं। इम्तियाज़ का ब्याह हुआ तो उन दोनों की बारी अब आ गई थी। वो अपने घरों में आबाद बहुत ख़ुश थीं। कभी-कभी इम्तियाज़ से मिलने आतीं और सग़ीर के स्वभाव से प्रभावित होतीं। उनकी नज़र में वो

आयडियल शौहर था।

दो वर्ष गुज़र गए, इम्तियाज़ के यहां कोई बच्चा न हुआ। असल में सग़ीर चाहता था कि इतनी छोटी उम्र में वो औलाद के बखेड़ों में न पड़े... उन दोनों के दिन अभी खेलने-कूदने के थे। सग़ीर उसे हर रोज़ सिनेमा ले जाता, बाग़ों की सैर करवाता, नहर के किनारे-किनारे उसके साथ टहलता उसके हर आराम का ख़्याल रखता। बेहतरीन से बेहतरीन खाने, अच्छे से अच्छे बावर्ची। अगर इम्तियाज़ कभी बावर्चीख़ाने का रुख़ करती तो वो उससे कहता। "ताज़ी अंगीठियों में पत्थर के कोयले जलते हैं। उनकी महक बहुत बुरी होती है और सेहत के लिए भी हानिकारक.... मेरी जान तुम अंदर न जाया करो। दो नौकर हैं, खाने-पकाने का काम जब तुमने उनके हवाले कर रखा है तो फिर इसमें परेशान होने की क्या ज़रूरत है?"

इम्तियाज़ मान जाती।

सर्दियों में सग़ीर का बड़ा भाई अकबर जो नैरोबी में एक लम्बे समय से रह रहा था और डॉक्टर था। किसी काम के सिलसिले में करॉची आया तो उसने सोचा कि चलो लाहौर सग़ीर से मिल आएं। हवाई जहाज़ से पहुंचा और अपने छोटे भाई के पास ठहरा। वो सिर्फ़ चार रोज़ के लिए आया कि हवाई जहाज़ में उसकी सीट पांचवें रोज़ के लिए बुक थी। मगर जब उसकी भाभी ने जो उसके आने पर बहुत ख़ुश हुई थी उसने ज़िद की तो छोटे भाई सग़ीर ने उससे कहा। "भाई जान आप इतनी देर के बाद आए हैं, कुछ दिन और ठहर जाइए। मेरी शादी में आप शामिल नहीं हुए थे, जितने दिन आप फ़ालतू ठहरेंगे, उन्हें आप जुर्माना समझ लीजिएगा।"

इम्तियाज़ मुस्कुराई और अकबर से बात शुरू की। "अब तो आपको ठहरना पड़ेगा... और फिर मुझे आपने शदी पर कोई तोहफ़ा भी नहीं दिया। मैं जब तक वसूल नहीं कर लूंगी, आप कैसे जा सकते हैं और आपको मैं जाने भी कब दूंगी।"

दूसरे रोज़ अकबर उसको साथ लेकर गया और सच्चे मोतियों का हार ले लिया। सग़ीर ने अपने बड़े भाई का शुक्रिया अदा किया। इसलिए कि हार बहुत क़ीमती था, कम से कम पांच-छः हज़ार का होगा।

उसी दिन अकबर ने वापस नैरोबी जाने का इरादा ज़ाहिर किया और सग़ीर से कहा कि हवाई जहाज़ के टिकट का बंदोबस्त कर दे, इसलिए कि लाहौर शहर के बारे में वो बहुत कम जानता है। अकबर ने उसको रूपये दिए मगर उसने कहा। "आप अभी अपने पास रखिए। मैं ले लूंगा।" और

टिकट का बन्दोबस्त करने चला गया।

उसे कोई दिक़्क़त न हुई, इसलिए कि हवाई सर्विस का जेनरल मैनेजर उसका दोस्त था। उसने फ़ौरन टिकट ले लिया। सग़ीर कुछ देर उसके साथ बैठा गप लड़ाता रहा। उसके बाद घर का रुख़ किया।''

मोटर गिराज में बन्द करके वो अन्दर दाख़िल हुआ, लेकिन फ़ौरन बाहर निकल आया। गिराज से मोटर निकाली और उसमें बैठ कर जाने कहां चला गया।

अकबर और इम्तियाज़ देर तक उसका इन्तज़ार करते रहे मगर वो न आया। उन्होंने मोटर के आने और गिराज में बन्द किए जाने की आवाज़ सुनी थी, उन्हों ने सोचा कि शायद उनके कानों को धोखा हुआ था। इसलिए कि सग़ीर मौजूद था ना उसकी मोटर। मगर वो ग़ायब कहां हो गया था?''

अकबर को वापस जाना था मगर उसने पूरा एक हफ़्ता इंतज़ार किया। इधर-उधर कई जगह पूछ-गच्छ की। पुलिस में रिपोर्ट लिखवाई मगर सग़ीर की कोई सुन-गुन न मिली। आख़िरी दिन जबकि अकबर जा रहा था। पुलिस स्टेशन से ये ख़बर मिली कि पी.बी.एल. के 10059 नं. की मोटर कार जिसके एक ख़ो में सग़ीर अख़्तर के नाम का लॉयसेंस निकला है, हवाई अड्डे के बाहर कई दिनों से पड़ी है। पता करने पर मालूम हुआ कि अकबर अमजद हुसैन के एक आदमी ने आठ रोज़ पहले हवाई जहाज़ में नैरोबी का सफ़र किया है... अकबर की सीट नैरोबी के लिए बुक थी। इम्तियाज़ से विदा हो कर जब वो कीनिया पहुंचा तो उसे बड़ी मुश्किलों के बाद सिर्फ़ इतना मालूम हुआ कि एक साहब जिनका नाम अकबर अहमद था हवाई जहाज़ के ज़रिए यहां पहुंचे थे एक होटल में दो रोज़ ठहरे उसके बाद चले गए।

अकबर ने बहुत तलाश की मगर कोई पता न चला। इस दौरान में उसको इम्तियाज़ के कई ख़त आए। पहले दो-तीन ख़तों की तो उसने रसीद भेजी, उसके बाद जो भी ख़त आता फाड़ देता कि उसकी बीवी न पढ़ ले।

दस वर्ष गुज़र गए। अमजद हुसैन यानी इम्तियाज़ का बाप बहुत परेशान था। बहुत लोगों का ख़्याल था कि सग़ीर मर-खप चुका है मगर अमजद का दिल नहीं मानता था। कहीं उसकी लाश ही मिल जाती। आत्महत्या करने की क्या वजह हो सकती है?... बड़ा नेक, शरीफ़ और ख़ुद्दार लड़का था। अमजद को उससे बहुत मुहब्बत थी। एक ही बात उसकी समझ में आती थी कि उसकी बेटी इम्तियाज़ ने कहीं उसके दिल को

ठेस न पहुंचाई हो कि वो दुखी होकर कहीं ग़ायब हो गया है। चुनांचि उसने इम्तियाज़ से कई बार इस बारे में पूछा मगर वो साफ़ इन्कार कर गई। खुदा-रसूल की क़समें खाकर उसने अपने बाप को तसल्ली दी कि उसने ऐसा कुछ नहीं किया। अक्सर वो रोती भी थी। उसको सग़ीर याद आया था। उसकी नर्मो-नाज़ुक मुहब्बत याद आती थी।

अमजद हुसैन का एक दोस्त हज्ज को गया। वापस आया तो उसने उसको ये खुशख़बरी सुनाई कि सग़ीर ज़िन्दा है और लम्बे वक़्त से मक्के में रह रहा है। अमजद हुसैन बहुत खुश हुआ। उसको उसके दोस्त ने सग़ीर का अता-पता बता दिया था। उसने अपनी बेटी इम्तियाज़ को तैयार किया कि वो उसके साथ हिजाज़ चले। फ़ौरन हवाई जहाज़ के सफ़र का इंतज़ाम हो गया। इम्तियाज़ जाने के लिए तैयार नहीं थी। उसको झिझक-सी महसूस हो रही थी।

इसके बाद बाप-बेटी हिजाज़ पहुंचे हर पवित्र स्थानों का दर्शन किया। अमजद हुसैन ने एक-एक कोना छान मारा मगर सग़ीर का पता न चला। कुछ आदमियों से जो उसको जानते थे सिर्फ़ इतना मालूम हुआ कि वो आपके आने से दस दिन पहले, क्योंकि उसे किसी न किसी तरीके़ से मालूम हो चुका था कि आप आ रहे हैं, खिड़की से कूदा और कूद कर जान दे दी। मरने से कुछ देर पहले उसके होंठों पर एक शब्द कांप रहा था... शायद इम्तियाज़ था।

उसकी क़ब्र कहां थी। वो कब और कैसे दफ़न हुआ उसके बारे में जानने वालों ने कुछ न बताया। ये उन्हें पता नहीं था। इम्तियाज़ को यक़ीन आ गया कि उसके शौहर ने आत्महत्या कर लिया। उसको शायद इसकी वजह मालूम थी मगर उसका बाप ये मानने को तैयार नहीं था। चुनांचि उसने कई बार अपनी बेटी से कहा। ''मेरा दिल. नहीं मानता, वो ज़िन्दा है. .. वो तुम्हारी मुहब्बत की ख़ातिर उस वक़्त तक ज़िन्दा रहेगा, जब तक खुदा उसको मौत के फ़रिश्ते के हवाले न कर दे... मैं उसको अच्छी तरह समझता हूं... तुम्हारी जगह अगर वो मेरा बेटा होता तो मैं खुद को दुनिया का सबसे खुशनसीब इंसान समझता।'' ये सुनकर इम्तियाज़ ख़ामोश रही।

दोनों हिजाज़ से नाकाम वापस आगए... एक साल और गुज़र गया। इस दौरान अभजद हुसैन बड़ी ख़तरनाक बीमारी यानी दिल की बीमारी में गिरफ़्तार हुआ और उसकी मृत्यु हो गई। मरते वक़्त उसने अपनी बेटी से कुछ कहना चाहा, मगर वो बात शायद बड़ी दुख पहुंचाने वाली थी। इस लिए

वो ख़ामोश रहा और सिर्फ़ इम्तियाज़ को निगाहों से देखते-देखते मर गया।

उसके बाद इम्तियाज़ अपनी बहन मुम्ताज़ के पास रावलपिण्डी चली गई। उनकी कोठी के सामने एक और कोठी थी। जिस में एक अधेड़ उम्र का मर्द था जो बहुत थका-थका-सा दिखाई देता था। धूप तापता और किताबें पढ़ता रहता था।

मुम्ताज़ उसको हर रोज़ देखती... एक दिन उसने इम्तियाज़ से कहा। "मुझे ऐसा मालूम होता है ये सग़ीर है... क्या तुम नहीं पहचान सकती हो। वही नाक-नक़्शा वहीं संजीदगी?"

मुम्ताज़ ने उस आदमी की तरफ़ ग़ौर से देखा और एक दम चिल्लाई। "हां, हां वही है।" फिर फ़ौरन रूक गई। "लेकिन वो कैसे हो सकते हैं। वो तो इस दुनिया से जा चुके हैं?"

उन्हीं दिनों उन दोनों की छोटी बहन शहनाज़ भी आ गई। मुम्ताज़ और इम्तियाज़ ने उस अधेड़ उम्र के मर्द को दिखाया। जिस की दाढ़ी खिचड़ी थी। उसने उससे पूछा। "तुम बताओ उसकी शक्ल सग़ीर से मिलती है या नहीं?"

शहनाज़ ने उसको बड़ी गहरी नज़रों से देखा और कहा। "शक्ल मिलती क्या है ये ख़ुद सग़ीर है... सौ-फ़ीसद।"

और ये कह कर वो समाने वाली कोठी में चली गई। वो व्यक्ति जो किताब पढ़ने में मसरूफ़ था चौंका। शहनाज़ जिससे शादी के मौक़ा पर उसकी जूती चुराई थी। उसी पुराने अंदाज़ में कहा। "जनाब! आप कब तक छिपे रहेंगे।"

उस व्यक्ति ने शहनाज़ की तरफ़ देखा और पूछा। "आप कौन हैं?"

शहनाज़ को ये यक़ीन था कि ये उसका बहनोई है। चुनांचि उसने बड़े नुकीले लहजे में कहा। "जनाब! मैं आपकी साली शहनाज़ हूं।"

उस व्यक्ति ने शहनाज़ को सख़्त नाउम्मीद किया। उसने कहा। "मुझे अफ़सोस है कि आपको ग़लत-फ़हमी हुई है।"

इसके बाद शहनाज़ ने और बहुत-सी बातें की मगर उसने बड़े मुलायम अन्दाज़ में उससे जो कुछ कहा, उसका मतलब ये था कि तुम नाहक़ में अपना वक़्त बर्बाद कर रही हो। मैं तुम्हें जानता हूं और न तुम्हारी बहन को, जिसके बारे में तुम कहती हो कि मेरी बीवी है... मेरी बीवी, मेरी अपनी [illegible]ी है और मैं ही उसका शौहर हूं।"

[illegible]हनाज़ और मुम्ताज़ ने लाख सर पटका मगर वो आदमी जिसका नाम

रावलपिण्डी में किसी को भी मालूम नहीं था मानता ही नहीं था कि वो सग़ीर है... उसको किसी चीज़ से दिलचस्पी नहीं थी, सिवाए किताबों के।

लेकिन शहनाज़ और मुम्ताज़ को मालूम हो गया था कि वो इम्तियाज़ के बारे में सारी जानकारी हासिल करता है। उनको उसके नौकर से ये भी पता चल गया था कि वो रातों को अक्सर रोता है, नमाज़ें पढ़ता है और दुआएं मांगता है कि ज़िन्दा रहे... वो चाहता है कि उसको जो दुख पहुंचा है उससे ज़्यादा देर तक लुत्फ़-अंदोज़ होता रहे।

नौकर हैरान था कि इंसान की ज़िन्दगी में ऐसी कौन-कौन-सी लकलीफ़ हो सकती है जिससे वो लुत्फ़ उठा सकता है। सारी बातें इम्तियाज़ सुनती थी और उसके दिल में ये चाहत पैदा होती थी कि मर जाए। चुनांचि उसने जब ये सुना वो आदमी जिसको इम्तियाज़ अच्छी तरह पहचानती थी वो उसके नाम तक को नहीं जानता तो उसने एक दिन तोला भर अफ़ीम खाई और ये ज़ाहिर किया उसके सिर में दर्द है और अकेली आराम करना चाहती है। वो आराम करने चली गई... लेकिन शहनाज़ ने जब उसको देखा तो उसको शक हुआ उसने मुम्ताज़ से बात की। उसका माथा ठनका। कमरे में जाकर देखा तो इम्तियाज़ बिल्कुल बेहोश थी। उसको झिंझोड़ा मगर वो न जागी। शहनाज़ दौड़ी-दौड़ी सामने वाली कोठी में गई और उस आदमी को जिसका नाम रावलपिण्डी में किसी को मालूम नहीं था, सख़्त घबराहट में ये बताया कि उसकी बीवी ने ज़हर खा लिया है और वो अब मरने ही वाली है। ये सुनकर सिर्फ़ उसने इतना कहा। "आपको ग़लत-फ़हमी है। वो मेरी बीवी नहीं है... लेकिन मेरे यहां इत्तफ़ाक़ से एक डाक्टर आया हुआ है। आप चलिए मैं उसे भेज देता हूं।"

शहनाज़ गई तो वो अन्दर कोठी में गया और अपने भाई अकबर से कहा। "ये कोठी जो समाने है इसमें किसी औरत ने ज़हर खा लिया है... भाई जान आप जल्दी जाइए और कोशिश कीजिए कि बच जाए।

उसका भाई जो नैरोबी में बहुत बड़ा डाक्टर था इम्तियाज़ को न बचा सका। दोनों ने जब एक दूसरे को देखा तो उसकी प्रतिक्रिया बहुत अलग थी... इम्तियाज़ फ़ौरन मर गई और अकबर अपना बैग लेकर वापस चला गया।

सग़ीर ने उससे पूछा। "क्या हाल है मरीज़ा का?"

अकबर ने जवाब दिया। "मर गई।"

सग़ीर ने अपने होंठ भींच कर बड़ी मज़बूती से कहा... "मैं ज़िन्दा

रहूंगा।''

लेकिन एक दम वो लड़खड़ाने के बाद फ़र्श पर गिरा और... जब अकबर ने उसकी नब्ज़ देखी तो वो रुक चुकी थी।